LES RAISONS DU CŒUR

DU MÊME AUTEUR

Les Enfants de Saturne, Grasset, 1996.
Aurore, Grasset, 2001.
La Dernière Femme, Grasset, 2006.
Ce que nous avons eu de meilleur, Grasset, 2008.
L'Hypothèse des sentiments, Grasset, 2012.
Dictionnaire amoureux de Marcel Proust, Grasset-Plon, 2014 (en collaboration avec Raphaël Enthoven).
Saisons de papier, I, Grasset, 2016.
Ce qui plaisait à Blanche, Grasset, 2020.

JEAN-PAUL ENTHOVEN

LES RAISONS DU CŒUR

Récit véridique, drolatique et fantasmagorique

BERNARD GRASSET
PARIS

ISBN : 978-2-246-82459-6

Pour P. (la mia Vita)

Fantasque, tournoyante, poudrée d'ocre, la petite balle jaune a jailli de la raquette d'Archi en y laissant un son lointain et mat.

Puis elle a fusé, effleuré le filet, longé la ligne blanche, accéléré sa fourbe rotation avant de fondre sur moi avec malveillance.

Cette petite balle malveillante, je l'ai vue de loin. Elle irradiait. C'était un halo mobile. Une vapeur. Elle s'enveloppait d'un tremblement d'air. Comme ceux qui flottent au-dessus des déserts ou des tarmacs d'aéroport.

J'ai remarqué tout de suite, en anticipant, que la petite balle, le halo, l'irradiation, la vapeur, le tremblement, formaient ensemble un essaim ennemi.

Cet essaim me déclarait la guerre.

J'étais sa cible.

La partie de tennis dure depuis moins d'une heure en ce dimanche d'automne.

Archi, c'est Archibaldo Montoya, un ami argentin que je croise ici et là depuis une vingtaine d'années. Nous nous témoignons réciproquement une sympathie sans conséquence et bien ajustée aux ambiances superficielles qui nous réunissent d'ordinaire. En sa compagnie, je ne m'éloigne jamais d'une zone de sentiments stables et sans amplitude. Il est intelligent, instinctif, sans scrupule. Avec un rire dominateur qui lui gonfle la gorge par secousses et agite ses joues d'un frémissement animal.

À chacun de ses passages à Paris, Archi me propose d'échanger quelques balles afin de vérifier qu'il me surclasse toujours. Ses victoires faciles le grisent sans me désobliger. Je me réjouis, au contraire, qu'elles lui procurent si facilement l'illusion d'être encore jeune et digne de la noble race des Montoya – qui, après trois ou quatre générations de labeur et de rapine, lui ont légué un morceau de pampa à peine moins vaste que la Bretagne. Aujourd'hui, Archi est devenu l'un des dix ou douze rois du soja. Ce titre quasi officiel fait son bonheur. Il fallait bien, vu son tempérament, qu'il devînt le roi de quelque chose.

Ce dimanche-là, entre deux sets, nous remuons des souvenirs frivoles sur les petites affaires qui ont fait les hauts et les bas de notre complicité. Nous évoquons nos voyages, nos disparus, nos illusions, les filles qui nous ont enchantés ou meurtris.

Il me demande si j'ai des nouvelles de cette Violante qu'il m'avait jadis présentée pour mon plus grand malheur (« Une *mala niña*... Je n'ai jamais compris pourquoi tu aimais tant les méchantes... »). Je l'interroge en retour sur le carrousel de ses amoureuses (« Pourquoi devrais-je aimer une seule femme à la fois ? » dit-il alors...). Personne ne nous entend. Nous parlons comme deux garçons qui essaient d'oublier que les années passent et que leurs tempes blanchissent.

J'aime bien Archi. C'est un biophile de la meilleure espèce. Il adore les pur-sang, le sport, la Vierge Marie, le plaisir, le sexe, l'argent, les bains de mer. Pour lui, la religion catholique, qu'il pratique à distance, possède la merveilleuse vertu de remettre à zéro les compteurs du péché. Elle nettoie les saletés qui traînent dans la cervelle des jouisseurs, ce qui les autorise à se précipiter aussitôt vers de nouvelles tentations avant de repasser par la religion ardoise magique – et ainsi de suite. C'est grâce à ce genre d'idée simple, davantage qu'à sa fortune, qu'Archi a toujours été plus heureux que moi. Sa seule présence, ce jour-là, me remet en contact avec l'insouciance qui m'emportait autrefois, quand mon existence ressemblait à la surface d'un lac étincelant. Nos *abrazos* en disent long, aujourd'hui encore, sur le doux passé que le hasard nous a déjà offert et auquel nous tenons par habitude.

Nous avons prévu, après la partie, de dîner au Plaza. Archi aimerait revoir Vita (« *La divina!* Tu te souviens, je l'avais remarquée avant toi... ») et veut, comme chaque année, me présenter son nouvel amour-toujours de la saison.

Auprès d'Archi, la vie est amusante et égoïste. Elle se confond avec une succession ininterrompue de moments vides et agréables. Quand nous bavardons, je n'ai ni le temps ni l'envie de penser à tous les malheurs qui tissent, ont tissé, tisseront le destin du monde. J'apprécie les individus qui comme lui me donnent pendant quelques heures l'impression que j'aurais pu être quelqu'un d'autre.

Qui aurait été cet *autre*?

Ça, je ne le sais pas.

À cet instant, rien ne distingue la petite balle jaune qui se précipite vers moi des millions de petites balles jaunes qui, au fil du temps, m'ont fait courir, glisser, jubiler, exulter. Du caoutchouc et de l'air recouverts de feutre. Un objet parfait. Qui va-vient. Sans se lasser. Je dois beaucoup de sagesse à ce soleil miniature, à sa rectitude, à son respect des règles, à sa simplicité. Avant la ligne blanche, tu as le droit. Au-delà, tu n'as pas le droit. Je suis très attaché à cette morale rustique qui, tranchant net l'entrelacs du bien et du mal, du licite et de l'interdit, pourrait avantageusement décider de la plupart des litiges humains.

Je préciserais même, quitte à aller plus vite que la musique, que ces petits soleils d'air et de caoutchouc aux orbites si joyeusement diverses, je les ai toujours associés d'instinct à mon bonheur d'exister, à l'énergie sans laquelle tout s'étiole et s'éteint, à la succulente saveur de mon séjour sur terre. Il m'arrive parfois de penser que si l'âge, les muscles, le souffle, le dos, les tendons m'obligeaient un jour à renoncer aux joies promises par ces sauts et gambades tennistiques, ce serait à coup sûr le commencement de la fin. De ma fin. Cette certitude fait partie des deux ou trois points de repère qui m'aident à imaginer l'avenir – dont, par superstition, je me soucie rarement.

En ce dimanche d'automne, le soleil miniature tournoie et rebondit, le vent agite mollement la cime des arbres, des nuages projettent au sol leurs ombres furtives, j'entends mes artères où le sang pulse selon un *tempo* vif et heureux. À chaque course, mon corps me précède. Il choisit mes gestes et mes réflexes sans me consulter. Je lui obéis. J'ai confiance. J'approuve par principe les mouvements qu'il m'impose. D'une manière générale, mon corps décide avant moi. Ça m'a toujours rendu la vie plus facile. Plus intelligente.

Tout est en ordre.

Mes nerfs, la nature, mes arrière-pensées, les rires d'Archi, la perspective d'une soirée innocente.

Je profite calmement d'un bonheur fluide.

J'avale les lentes secondes d'une fin de journée sans prétention.

Il me faudra du temps, beaucoup de temps, pour admettre que ces secondes-là auraient pu être les dernières de ma vie.

Car ce qui va suivre n'était pas prévu.

Si, pendant la nanoseconde qui précède les secondes qui auraient pu être les dernières de ma vie, j'observe, à la faveur d'un exercice de dédoublement provisoire, l'homme qui court vers le soleil miniature qu'Archi vient de lui expédier...

... et si, en même temps, je procède à ce que l'on appelle un *arrêt sur image* – enrichi par les informations complémentaires que j'ai pu glaner au fil de ma longue cohabitation avec celui que je suis...

Je pourrais, sans paraître indiscret, narcissique, pathétique ou péremptoire, affirmer :

— Que cet homme, moi-même, a déjà vécu, selon les statistiques, les deux tiers de sa vie. Ce qui permet d'en déduire que, même si cette idée lui paraît incongrue, il est plus proche de son trépas que de sa naissance. Encore trente, trente-cinq ans. C'est honnête, se dit-il… Il suffira d'éviter les excès, les émotions fortes, les sentiments inutiles, les passions tristes – tout en s'accordant si possible la plupart des agréments qui ensoleillent l'existence.

— Qu'il a été plutôt bien servi par le sort. Aucune disgrâce manifeste. Peu d'ennemis. Des relations. Des promotions. Une réputation. D'anciennes ambitions. Par ailleurs : un corps fiable et quelques fidélités à des manières d'être – pour lui-même et en société – dont la bonne tenue morale le conforte dans l'idée qu'il n'est pas n'importe qui.

— Qu'il a été plusieurs fois marié, divorcé, marié, divorcé. Toujours entre deux séductions, cet homme entretient des relations passionnées et complexes avec l'autre sexe – qui le considère parfois comme un ami, parfois comme un ennemi. À ses yeux, les femmes restent, malgré les déboires qu'elles lui ont causés, la part la plus exaltante, la plus passionnante, de l'humanité. Il recherche leur compagnie. Se nourrit de leurs intuitions. Accepte en tout leurs verdicts. C'est à elles qu'il doit tout ce qu'il a appris sur son propre compte.

— Que cet homme, éditeur et critique littéraire de son état, a publié sous son nom une dizaine d'ouvrages qui, sans être de première force, ne sont pas franchement plus mauvais que ceux que l'époque encense. Avec le temps, il lui arrive cependant de regretter sa vocation. Il aurait préféré être acteur de cinéma, chanteur de variété, chef d'État, agent double, éminence grise ou tennisman.

— Que ses affaires de cœur et de conjugalité lui ont valu trois descendants, deux garçons et une fille, avec lesquels il entretient des relations intenses. Ces trois-là (beaux, doués, charitables, inégalement respectueux) sont, par leur bonne qualité intrinsèque, la preuve de son incontestable passage sur la terre. Il n'ignore pas au demeurant que ces enfants désormais adultes sont impatients de le figer, lui, en maître défunt. Ils veulent – qui ne les comprendrait ? – l'aimer sans encombre. Il leur témoigne malgré tout son indulgence pleine et entière. Ne sont-ils pas, comme l'écrivait Schopenhauer, des « délinquants innocents » qu'il a lui-même, par égoïsme, condamnés à vivre ?

— Que cet homme, pourtant peu fétichiste, a accroché sur un mur de son bureau la photo célèbre sur laquelle on voit le jeune Marcel Proust, son totem personnel, dans le club sportif de la porte Maillot. Rieur, gominé, le futur grand écrivain tient, entre ses mains, une raquette de tennis dont, afin d'amuser quelques jeunes filles en fleurs, il se sert comme d'une mandoline. Cette précision a pour unique objet de rappeler que, pour lui, Marcel Proust est probablement le prosateur, le spécimen humain, l'explorateur, l'ami d'esprit et de cœur, auquel il voue la plus vive et définitive admiration. Le surprendre de surcroît avec une raquette dans un club de tennis suffit à le réjouir. Rien ne lui interdit d'imaginer que, né un siècle plus tôt, il aurait peut-être pu échanger quelques balles avec cet artiste dont le génie vibratile et plus sensible qu'un sismographe intime n'en finit pas de le renseigner sur l'histoire du monde, sur ses contemporains, sur lui-même.

— Qu'il est agnostique, matérialiste, allergique à toute forme d'allégeance irrationnelle, tout en conservant en lui une intense nostalgie de la foi, de la grâce, de l'espérance – qui jamais n'ont songé à lui proposer leurs prestations. Certains jours, il tient la mort pour « un peu profond ruisseau calomnié », comme disait le poète, et, d'autres jours, pour un infini néant semblable à celui qui a précédé sa naissance. Cette double conviction, au demeurant, l'apaise et adoucit son découragement devant la finitude de l'existence.

— Que quelques amis, tôt élus et inscrits dans un périmètre aussi sacré que restreint, embellissent son séjour terrestre. Il les a recrutés, en général, parmi des individus qui ont placé la bonté, la désinvolture, le goût du bonheur et la loyauté – agencés dans n'importe quel ordre – au poste de commande de leurs vies. Jusqu'à présent, ses amis sont peu nombreux. Il n'en veut pas davantage.

— Qu'il jouit de toute sa vigueur. Ne se refuse aucun des amusements qu'il s'accordait trente ans plus tôt. Entretient avec chacun de ses organes des relations de sympathie et de confiance réciproques. Il n'a jusque-là jamais souffert d'une blessure, d'une insomnie, d'une maladie, d'une rébellion cellulaire. Il ignore, à cet instant, que ce privilège, qui lui paraît naturel, relève en vérité d'un miracle éphémère et inexplicable.

— Que, pendant la nanoseconde qui précède les secondes et les heures suivantes, cet homme bondit avec allégresse sur son court de tennis avec la ferme intention de réussir le coup droit que son bras amorce comme il se doit. Son cerveau l'a décidé. Un influx a couru le long de ses nerfs avant d'atteindre ses épaules, son torse, son poignet. Ses doigts se crispent. Ils tiennent le manche de la raquette comme on tiendrait un moineau dans la main. Assez fermement pour qu'il ne s'échappe pas. Assez délicatement pour ne pas l'étouffer. Son esprit anticipe un geste facile, répétitif, harmonieux. Il se hâte vers le soleil miniature sans avoir la moindre idée de ce qui l'attend.

J'ai reconstitué après coup l'enchaînement des choses tel qu'il a dû se dérouler pendant la séquence infiniment fractionnée qui me sépare de ce qui va advenir.

Pour commencer, je cours vers la balle que m'a expédiée le coup droit d'Archi et qui, par définition, n'attend que d'être propulsée en retour. Une balle prévisible. Brièvement engourdie au sommet de son rebond. Comme un bourdon ou un colibri immobile en plein vol. Elle n'est, cette balle, qu'à quelques centimètres du bout de ma raquette quand un démon jusque-là endormi se réveille et décide de me la rendre inaccessible. L'espace nerveusement s'allonge. Devient gluant. Certains rêves ont le goût de cette écrasante lenteur, quand le plus insignifiant des gestes semble devoir soulever des tonnes de matière invisible. Les amateurs d'inconscient comme M. Rachid (le quasi-gourou que j'ai brièvement fréquenté après le départ de Violante) prétendent qu'il s'agit là d'une réminiscence fœtale. Cette opinion infalsifiable ne me satisfait pas vraiment. Dans cette lenteur, je vois plutôt, en action, un venin qui paralyse, contraint, emmure et fige la vie en une lave vite durcie. Tout s'est alors déduit de cet instant peu fluide.

Un frisson inconnu (vertige, sueur froide, désarroi, nausée, gorge sèche) court sur ma peau tandis que le paysage à l'entour tremble comme un océan de coton. Je suis à terre. Je flotte. Avec des plaques d'argile pilée qui, mêlées à ma sueur, dessinent des continents rougeâtres sur mes mollets et mes genoux. Impression que le court de tennis n'est plus qu'une toile de poudre tendue au-dessus d'un gouffre. Un pas trop lourd, la toile se déchire, je tombe. Comme si je marchais sur un lac finement gelé. Dans ma tête, des bouquets de sensations crépitent, déboulent, défilent, glissent à toute vitesse sur un toboggan intérieur.

Je vois…

… la couleur de Rome le visage de Vita quand elle s'endort un champ d'orge en Toscane le vaporisateur de ventoline M. Rachid la rue d'un Sud chauffé à blanc mon père au volant de sa Thunderbird rutilante la barbiche de D'Artagnan la basilique de Vézelay une fresque de Puvis de Chavannes le sourire timide de Françoise Sagan un pull de tennis avec des torsades rouges et bleues ma chambre d'enfant traversée de rayons obliques un bain de minuit dans une calanque le capitaine Achab les velours rouges de la Comédie-Française la mandoline de Proust un œil crevé la fausse ruine du parc Monceau une affiche de cinéma avec Gaby Morlay une pleine lune…

Mon esprit, ce qu'il en reste, part en vrille. Se cogne à des parois de mémoire. Revient. Repart. Circule dans un dédale de contretemps. Il est soleil miniature lui aussi. Un buffle dans un enclos. J'ai à peine le temps de me souvenir que les mourants à leur dernier souffle voient défiler ainsi toute leur vie – serait-ce mon cas ? J'ai envie de m'étendre sur un rocher plat et tiède. Mais j'ai froid, cent mille fourmis de plomb envahissent mes paupières et mes oreilles. Je résiste. Mes os vibrent. Moiteur des paumes.

Maintenant, ma sueur froide se transforme en une mince couche de glace plaquée sur ma nuque. Parfois, un aigle puissant et imaginé y plante ses griffes, me soulève, m'emporte dans les airs. De là-haut, je surplombe le court de tennis, la ville, les gens, le soleil qui décline. Le ciel se renverse dans ma bouche. C'est une vague immense et automnale.

Mes yeux filment Archi au ralenti. Il enjambe le filet, se précipite vers moi, m'enlace, s'étonne (« *Que te pasa, chico ?* »), éponge mon front, demande de l'aide. Il s'affole. S'agite. Pourquoi ? L'affolement, ça n'est pas dans ses habitudes. Quelqu'un, tapi sous ma peau, répète mécaniquement « par ici la sortie, par ici la sortie, par ici la sortie... », c'est peut-être le démon de tout à l'heure qui, désormais arrogant, a pris les choses en main et donne ses directives. Archi ne rit plus, je suis aspiré par un trou-néant. Un endroit sans soleil miniature ni lignes blanches. Tout me paraît normal. Il n'y a qu'à se laisser aller. Ma vigilance clignote sans effroi. Je sens qu'elle pourrait s'éteindre.

Panique générale. Civière. Effervescences inquiètes autour de mon corps flasque. On me jette dans une ambulance qui fonce dans la grande allée du bois de

Boulogne. Archi m'accompagne. Je l'entends qui prie en espagnol, téléphone à l'ambassadeur d'Argentine, sa voix émet un son aquatique, on dirait un samovar qui glougloute au loin. À travers la vitre, j'aperçois des grappes d'enfants qui jouent sous un soleil de dimanche. Ils me font penser à un roman de Modiano dont j'ai oublié le titre, qui se passe à Annecy ou à Jouy-en-Josas, un roman où des individus, comme moi en ce moment, ne savent plus trop qui ils sont, ni d'où ils viennent. Dans mon brouillard, je remarque pour la première fois que Modiano Patrick et Marcel Proust ont les mêmes initiales, ce qui doit sûrement signifier quelque chose. Mais à quoi bon penser à Modiano, à Marcel, à leurs initiales, à l'affection qu'ils m'inspirent, alors que je serai peut-être inexistant dans quelques minutes ? Telle est pourtant la loi : personne ne choisit sa dernière imagination de vivant. Ça arrive, ça s'impose, un neurone l'a repérée dans un tohu-bohu d'imaginations possibles et disponibles, il lui expédie une dernière décharge d'électricité cérébrale avant que quelqu'un, une Parque, un mauvais dosage sanguin, un simple nerf plus fragile que les autres, un réglage défectueux du masque à oxygène, ne décide que c'est l'heure de l'extinction générale. La tête se remplit alors de noir. Inondation de nuit. Rideau. Circulez circulez. Il n'y a rien à voir, on passe à autre chose. Par ici la sortie.

Le bois de Boulogne défile sous mes yeux vides. Beaux quartiers gris et beiges. Les peupliers jaunissent à leur rythme, ils vivront pendant trois ou quatre générations d'humains. Ici, le petit appartement dans lequel Violante m'avait entraîné le premier soir. Sur ce banc, à l'ombre, j'ai lu *Moby Dick* en plein été. Là, j'ai passé une nuit avec une fiancée délurée qui m'a tout appris. À la terrasse de ce café, j'ai attendu en vain un camarade de lycée le soir de la démission du général de Gaulle. Sous ce porche, j'ai volé un baiser à une amie qui me l'a vite pardonné… Où se stockent les souvenirs quand la mémoire elle-même se prépare à les oublier ? Dans quel super *cloud* ? Dans quel nuage bouffi de séquences pâlissantes que personne ne consultera plus ?

Ce qui est insupportable, ce sont ces gens qui se promènent, se disputent, sourient, s'embrassent, font des bulles de savon pour amuser leurs bambins. Ces automates qui baiseront cette nuit ou demain et existeront probablement plus longtemps que moi me sont une odieuse offense. Dans l'idéal égoïste, il faudrait que tout le monde s'abolisse en même temps que le mourant principal, ça serait moins triste pour lui, plus conforme à sa vanité. Les pharaons avaient compris ça, qui s'ensevelissaient avec trésors, esclaves, épouses, chevaux, colifichets, concubines. Des gens admirables ces pharaons. Si brillants dans leur art de savoir vivre au moment de mourir.

Bientôt Neuilly. Des infirmiers aux petits soins. Un couloir métallique. Une odeur d'éther. Une salle d'attente décorée avec les portraits des généreux donateurs. Archi a dû insister pour qu'on me transporte dans une clinique de luxe. Il n'aurait pas admis que j'agonise dans un décor minable. Je ne me sens pas si mal. J'ai juste l'impression que mon être fuit, s'échappe, se vide. Une citerne crevée.

Un interne de service claque des doigts devant mes yeux éteints. Il veut s'assurer que je ne suis pas complétement débranché. Qu'un résidu de moi-même en activité vibre encore au fond de mon cerveau.

— Votre nom ?

Ma réponse patine. J'en suis toujours à la balle jaune soleil tournoyante inaccessible. Peut-être une balle de match ? Le plus troublant c'est cette impression, pas si déplaisantes, d'être au minimum deux ou trois à l'intérieur de mon crâne.

Il y a d'abord un moi intact et clairvoyant, un commandant en chef, qui enregistre, comprend, ironise, pense à Marcel, à Modiano, à la délurée qui m'a tout appris, voudrait prévenir Vita, annuler le dîner avec Archi, c'est un moi raisonnable, lettré, prévoyant, contrarié, un responsable de la machine globale, un ancien *boss* pas abîmé par la débâcle.

Et il y a l'autre moi, plus délirant, dispensé de toute logique, qui dérape, affabule, se retranche derrière des expressions régressives, se complaît dans sa déraison et sa face ahurie. Cet autre moi avance comme un funambule sur un filin tressé de phrases et de sensations truquées.

Au passage, j'aperçois, errants, quelques autres fragments de ce que j'étais. Des éclats de verre psychiques. Des grains de subjectivité en suspens browniens. La plupart n'en font qu'à leur tête. Un vortex. Une foire d'empoigne. Impossible de contrôler ce vrac. Je n'y prétends même pas.

— Votre âge ?

J'entends la question, la réponse, cela va de soi, ne pose aucun problème, mais quelqu'un, probablement le démon endormi réveillé de tout à l'heure, la retient, la dilue, l'ensable dans ma gorge.

— Oui, votre âge…

Cet interne est sympathique. Il a l'habitude, vu le standing de la clinique, des gens importants qu'il faut ménager. Il veut m'aider, y met une application touchante. Dans un film, on confierait son rôle à un jeune Tom Hanks. C'est un bon gars solide plutôt ennuyeux. Un zélé bienveillant aux avant-bras musculeux et recouverts d'un blond duvet cinématographique.

Mais sa question assurément est risible. Qui pourrait oublier son âge ? Voudrait-il aussi s'il vous plaît que je lui donne l'âge de l'enfant que j'étais ? Du senior affûté qui tient ses trois sets sur un court ? De l'inoxydable *boomer* qui a su plaire à Vita ? Du vieillard que je serai éventuellement ? Du gagnant ? Du vaincu ?

Je pourrais, tant qu'on y est, lui donner également l'âge d'un moi hypothétique, futur centenaire serein, dans son lit imposant avec en pleurs toute une tribu pieusement requise par le grand tralala de ma mort.

J'anticipe la scène pharaonique pour le plaisir : mes fils me demandent pardon à tout hasard, mes femmes s'arrachent les cheveux, des pleureuses chantent mes louanges, mes amis retiennent leur souffle, mes chats prennent leurs poses de coursiers funèbres, j'exhale un parfum de myrrhe qui raconte ma sagesse de vivant et annonce ma puanteur d'imminent cadavre… Une fin de partie digne et décente puisqu'il faut toujours soigner sa sortie – et j'enrage d'avoir bâclé la mienne. Dans combien de temps ne serai-je plus qu'un morceau de viande froide ?

Quant à mon âge : sait-il seulement, ce monsieur Tom, que, depuis toujours, je me flatte de n'avoir eu qu'un seul âge jusqu'à présent, un âge fondamental, celui qui décide du tempérament, de l'énergie, de l'audace, du caractère, de l'élan vital, disons pour moi vingt ans maximum… Ni plus ni moins… Il a pu m'arriver, c'est normal, d'être plus âgé ou plus jeune que le vrai moi-même, mais depuis que je me suis enroulé une fois pour toutes autour de ces vingt ans-là, je n'ai mentalement plus bougé, je ne me suis plus usé, toujours convaincu que je ne pourrirais pas sur pied comme tout le monde, mais que je me casserais net, à la façon d'un acier suédois dans lequel on a oublié une paille ou une bulle d'air. Serait-ce à cet instant le cas ?

Dans ce clair-obscur mental, j'aperçois un garçon désinvolte.

Il débarque depuis ma vie d'avant. S'approche. Me chante un vieil air d'Elvis Presley.

Just take a walk down Lonely Street
To Heartbreak Hotel...

Je le reconnais, je voudrais l'embrasser. Mes lèvres traversent ses joues translucides qui semblent sculptées dans un pissenlit, dans un nuage, dans une barbe à papa.

Il s'appelle Michel.

N'a pas vieilli. Semble déjà informé des méchantes intermittences de mon cœur. Ses cheveux sont encore noirs et bouclés. Il porte un de ces pulls de tennis à bandes rouges et bleues gracieusement torsadées que nous achetions autrefois dans une boutique de la rue de la Pompe.

Du temps qu'il vivait, je discutais de tout avec Michel. Premières amours, hit-parade, avenir, romans, politique, états d'âme. Bach, Elvis et Chuck Berry résumaient sa vision du monde quand j'entamais ma longue fréquentation proustienne, mais il ne nous serait pas venu à l'idée de faire une différence entre ses dieux et le mien. Sa notoriété soudaine, bien que prévisible si on la rapporte à ses dons insensés, m'avait laissé sur place sans abîmer notre amitié. Elle lui valait des succès considérables avec les filles auprès desquelles il me servait de généreux ambassadeur.

Cher Michel… Je l'aimais tendrement… Un garçon bien élevé, brillant, sagement fou, toujours en train de jouer avec des notes de musique, des accords dissonants, des vers libres… Son père, éminent médecin, soignait les maladies coloniales du mien, et cela avait créé des liens entre nos deux familles. Chez moi, on n'oubliait jamais d'envoyer des caisses de vin, des fleurs, des confiseries, des orangers en pot à l'éminent, à son épouse, à sa secrétaire, et mon père faisait grand cas de cette haute relation. Michel, lui, avait plusieurs avenirs devant lui, il n'avait qu'à choisir… Nous nous donnions rendez-vous sur un banc du parc Monceau, nous marchions au printemps sur les petits chemins qui longent la mer du côté de Trouville, de Houlgate, de Honfleur, et il me sifflotait ses mélodies inachevées pour lesquelles je lui suggérais parfois une rime marcellienne et saugrenue.

C'est grâce à Mireille, la chanteuse de *Couchés dans le foin*, la taulière aux intonations d'avant guerre du *Petit Conservatoire*, que nous étions devenus des vrais amis, car elle trouvait que Michel et moi, nous avions un air de famille, une allure de semblable fin d'adolescence un peu frêle avec des manières de rejetons bourgeois pas encore résignés. Nous avions joyeusement accepté cette fraternité improvisée et bénie par le vieux Berl, l'époux espiègle de Mireille, qui nous recevait en pyjama dans son appartement du Palais-Royal pour nous parler de Pétain, d'Anna de Noailles, de Joséphine Baker.

Quelques années plus tard, le cœur de Michel a explosé en fin de journée, sur un court de tennis, quelque part du côté de Ramatuelle. La mort avait eu envie de lui, de sa chair bien compacte, de ses disques d'or, de ses groupies, de son prestige au royaume yéyé. Et elle lui avait dépêché un de ses soleils miniatures qui assassinent tout net.

Il avait dû, comme moi, tendre sa raquette. Courir vers le colibri immobile. Glisser sur la terre ocre brûlante du Sud. Permettre au ciel d'envahir sa bouche. On l'avait transporté dans la clinique où les touristes soignaient leurs coups de soleil et leurs chevilles foulées sur les pistes de twist. Ça n'avait pas suffi.

Ses ritournelles, hymnes de nos jeunesses ardentes, ne se taisent jamais en moi. Il y a une allée, dans le parc Monceau, qui porte désormais son nom (« Michel Berger, pianiste-auteur-compositeur-interprète 1947-1992 »). Impossible de passer par là sans entendre les modulations chevrotantes de sa voix en exil.

Michel a été mon premier mort. Enfin, le premier qui, dans ma vie, fût mort avant l'heure. Mes autres morts, mes morts d'avant lui, étaient partis aux horaires corrects et prévisibles. Mais c'est grâce à Michel que j'ai admis la possibilité des grands départs que rien n'annonce.

Pas étonnant qu'il surgisse à cet instant.

Le tennis, le vertige, le colibri, la terre ocre brûlante. Il me prévient.

Tom Hanks recommence :

— Alors, votre nom…

J'oublie rarement mon nom. Mais là, j'avoue, ce nom me glisse entre les dents, sous la langue. Il fond comme un bonbon. Devient par caprice et subite évanescence la couleuvre qui se faufile ni vue ni connue parmi des chapelets d'ancêtres accrochés à des arbres de nuit. Ces ancêtres, autant l'avouer, je les fréquente peu. Suis même allergique à leurs manières si sournoisement promptes d'emballer dans un patronyme le vaste stock de tumeurs, d'artères fatiguées, de roueries, d'échecs, de hauts faits, d'hypertension, de désirs inassouvis, de tares, de secrets indécents, qui font le roman d'un lignage, et tout ça pour s'offrir en douce, fictivement, une rallonge d'existence posthume… Je connais d'expérience ces façons ancestrales d'intriguer depuis l'outre-tombe même si jusque-là j'ai toujours réussi à semer cette bande sépulcrale, ces zombies de ma famille. Je n'ai pas l'intention de changer. Mon nom ? Je me veux libre. Guère assigné à résidence patronymique – du moins le crois-je à l'instant… Qu'ils aillent se faire voir… *Do not disturb*.

— Allons, un effort s'il vous plaît… Vous avez bien un nom ? Tout le monde a un nom…

J'allais lui répondre quand, coup de théâtre, mon père, bien que défunt, déboule dans ma tête où, je l'admets, il se pavane souvent sur le grand air des regrets. Il jaillit d'un temps révolu. Traverse la silhouette de Michel toujours présent, l'écarte comme une moustiquaire, surgit dans mon esprit parasité par un sacré flux de picotements de passé. Il est tout pimpant, papa, svelte, heureux de vivre si je puis dire. Il est au volant de sa Thunderbird dont les chromes astiqués lui renvoient un chic profil de lui-même, il veut ressembler à Gregory Peck, son modèle en élégance virile, son idéal d'un moi *relooké* Empire français. Il y parvient sans effort, porte un costume de lin correctement froissé et très outremer, un panama à large bord dont je ne verrai l'équivalent que des années plus tard sur la tête de Louis Aragon qui marchait devant moi dans une rue d'Avignon.

Ce jour-là (je veux dire : tandis qu'il déboule dans ma tête alors que je suis en train de la perdre...), mon père est une gravure de mode. Un épatant cliché du colon qui jouit de son opulence dans un décor hypothétique qui n'existe plus. Pour papa, la vie est belle, la ville est blanche. Il a des épaules de lutteur et des mains capables de broyer une noix, de bloquer les pales d'un ventilateur, d'étrangler une hyène. Il est convaincu que, le jour venu, je prendrai sa relève, et mon fils après moi, et les fils du fils de mon fils jusqu'à la fin des temps. Depuis ce passé, il me regarde avec amour puisque je suis son avenir. Pour fêter cette petite communion de sang et d'esprit, il me fait valoir son programme de la soirée : d'abord, m'annonce-t-il toujours satisfait, on va faire un tour au cinéma Vox (il l'a acheté quelques mois plus tôt, immense fierté...) pour voir *Les Trois Mousquetaires*. Il propose après ça une soirée juste pour lui et moi à Paradis-Plage, sur la route de la corniche, où nous dînerons de poissons grillés en écoutant Los Chiquitos, un fameux groupe de mambo. Il y aura des jolies femmes qui échangeront des œillades discrètes avec papa. Et des tas de gens secondaires qui, en échange de quelques billets presque aussi larges que des tapis de prière, s'inclineront respectueusement devant le chef de notre puissante famille sudiste. Je sais que je suis le futur héritier de cette soumission. Cette perspective me remplit de joie stupide et excusable puisque je ne suis pas encore devenu le petit animal progressiste qui prendra bientôt ses quartiers d'arrogance en moi.

Mais le programme *Trois Mousquetaires*-Chiquitos ne convainc pas l'enfant que me renvoie ce souvenir. Moue, bouderie, j'acquiesce à peine. Papa pose sa main musculeuse sur ma nuque.

— Tu pourrais montrer un peu plus d'enthousiasme...

— Ça veut dire quoi ce mot ?

— Enthousiasme, ça signifie qu'on est de bonne humeur... Qu'on est content d'aller voir *Les Trois Mousquetaires* et de passer la soirée à Paradis-Plage en tête à tête avec son papa... Enthousiasme, c'est un mot important qui fait venir des sentiments joyeux… Vous pourriez, toi et lui, devenir des amis…

— Je n'aime pas ce mot.

— Tu as tort… Ça n'est pas n'importe quel mot…

— Pourquoi ?

— Parce que ses cinq premières lettres sont celles de ton nom… e n t h o… Ça fait presque de lui un membre de notre famille… Une sorte de cousin…

— Je ne veux pas être le cousin d'un mot…

— Eh, cinq lettres, ça n'est pas rien ! Tu devrais être bon camarade avec ce gentil cousin…

Mon père avait souvent ce genre de raisonnement poétique. Parfois, ça me faisait sourire. Parfois, j'avais l'impression qu'il se moquait de moi.

Le jour du cousin enthousiasme, je n'avais pas souri. Et *Les Trois Mousquetaires* m'avaient ennuyé avec leurs chapeaux à plumes et leurs capelines ridicules. J'avais préféré regarder les jolies femmes dans le petit restaurant de Paradis-Plage. Elles étaient longues et bronzées. Avec une peau pulpeuse parfumée d'ambre, de menthe fraîche, de jasmin. Mon idéal féminin se cristallise à ce moment précis. J'y serai à jamais fidèle. D'ailleurs, je n'avais pas détesté, dans le film, les seins pigeonnants de Milady de Winter qui étaient en réalité ceux de Mylène Demongeot. Plus tard, bien plus tard, je rencontrerai la vraie Mylène de Winter sur une plage de Porquerolles. Elle s'occupait d'un élevage de hamsters. Nous avions échangé quelques mots. Elle avait vieilli. Moi aussi. Le charme était rompu. Les charmes, il est vrai, finissent toujours par se rompre.

Tom Hanks insiste, je dois lui répondre, je pars à la recherche d'un nom dans ma grande forge cérébrale, j'en trouve tout un assortiment, des noms plus ou moins propres et suspendus sur des cintres, on dirait un vestiaire pour costumes d'époque. J'en choisis un, pas tout à fait au hasard, c'est le fameux cousin Enthousiasme, je vais l'enfiler pour répondre aimablement :

— Je m'appelle Entho… e, n, t, h, o… usiasme… Comme mon cousin…

Tom esquisse un petit signe qui signifie : « le pauvre diable, il déraille complètement… »

Puis il appelle un collègue qui a l'air de s'y connaître :

— Tu as vu sa pupille ? Trop dilatée, cette pupille… Ça lui fait des yeux noirs… En arrivant ici il avait des yeux bleu-vert… Pas bon tout ça… Pas bon du tout…

Ok, je déraille… On se moque de mon cousin, j'ai des problèmes avec mes pupilles… Pourquoi pas… Mais des yeux noirs, ça, je refuse… Je veux garder mes yeux vert-bleu piquetés de jaune jonquille, je les dois à ma mère, un bijou de famille, quasiment le seul… Ça m'a fait gagner tellement de temps, ces yeux-là… Pour le reste, ça ne me dérange pas de dérailler un peu… J'ai été coincé si longtemps, mon cher Tom… Coincé par la panique, le conformisme, la peur sociale, le calcul, les professeurs, le souci de bien faire… Maintenant, au bord du trou-néant, je ne suis pas mécontent de gazouiller en liberté – fût-ce parce que le grand saut n'est plus très éloigné. J'avance sur le plongeoir. Même pas peur. On verra bien.

Dans cette salle d'attente, je cours encore et toujours après le colibri soleil miniature. Je ne comprends pas pourquoi Michel ne m'attend plus sur le banc du parc Monceau. Comment a-t-il fait pour me retrouver dans cette clinique élégante de Neuilly ? Serait-ce la fin ? Qui peut me certifier que je ne suis pas déjà au-delà de la fin – donc mort ? Pourquoi personne n'ose me le dire ? Où est passé le *Señor* Montoya ? A-t-on prévenu Vita ? Qui a gagné la partie de tennis ? Qui va la perdre ? Et cet aigle puissant imaginé, d'où venait-il ? Finalement, je commence à comprendre : je suis mort, c'est certain, il n'y a qu'à voir la tête de Tom et de son collègue, mais en même temps je m'entends penser que je suis mort, ce qui signifie que mon cerveau est encore irrigué par un sang agile et rouge, que je suis donc encore vivant, enfin pas vraiment – comment savoir ?

Bientôt, Tom Hanks et son collègue s'effacent derrière le Grand Ponte qu'Archi a appelé en urgence. Un bel homme. Fringant. Avec une dose de vulgarité diffuse. Une gueule de mondain sans lèvres bien sanglé dans sa tenue *sportswear* du week-end. Le genre de type que j'aurais pu rencontrer à Portofino ou au *Corviglia Club* de Saint-Moritz quand Vita m'obligeait à fréquenter ce genre d'endroits sous prétexte qu'un écrivain doit expérimenter la gamme complète des comédies humaines. Archi aime bien les mâles de cette espèce. Sourire tout terrain, manières relevées, denture féroce, méplats saillants. Des prédateurs snobs et dragueurs qui se recrutent entre eux, se refilent leurs femmes, ne refusent rien à leur joie de vivre avide et un peu louche. Ce Grand Ponte crache par les yeux des étincelles de contentement. Il est ravi d'être lui-même. Et ravi c'est clair de tout l'édifice cossu qu'il s'est bâti à coups de bistouri. Ravi de son épouse, je parie, qui était probablement jadis flamboyante mais qui se fane à vue d'œil, ravi de ses maîtresses-trophées, de ses villégiatures radieuses, de sa puissante limousine, de ses enfants déjà casés dans la banque, la communication, le *business*...

Il me rappelle, allez savoir pourquoi, le mari numéro un ou deux de Françoise Sagan. C'était un éditeur que j'avais croisé quelquefois, un Guy je crois, dont on voyait souvent la photo dans *Paris-Match* et dans *Ciné-Monde*. Un bellâtre qui avait promis à Françoise de l'épouser si elle survivait à son accident de Jaguar vu que la Sagan de l'époque était une mine d'or pour un éditeur. Elle avait survécu. Il l'avait épousée. Avant de filer, quelques semaines plus tard, au bras d'une splendeur qui ressemblait à Ava Gardner. Pauvre Françoise ! Une petite souris contre une déesse. Impossible de lutter. Elle avait eu du chagrin. Peut-être avait-elle eu l'envie brève de mourir pour de bon. Le plus étonnant, c'est que trente ans plus tard, à Courchevel, Françoise avait eu elle-même une aventure avec la vraie Ava alors en chute libre. Une Ava boursouflée par le gin et qui aurait fait n'importe quoi pour qu'on lui rappelle sa stupéfiante beauté d'autrefois. Une revanche coup d'un soir. Et c'est Ava, l'ex-divine absolue, qui avait entrepris la petite Françoise tout enfouie sous ses cheveux en meule de foin. Enfin c'est ce qu'on raconte. Je tiens l'information d'une fille qui faisait partie du Sagan-Circus de ce temps-là. Ça ne doit pas être tout à fait exact mais ça n'est pas impossible. Si je ne meurs pas, j'enquêterai.

Au fond, je suis bien content que, grâce à mon cœur vacillant et *via* un tortueux labyrinthe mental, je retrouve ma chère Françoise à ce moment fâcheux de mon déraillement. Cette femme, je dois dire, a toujours été là, dans ma vie, quand les choses allaient mal. Par pure prévenance, tact, bonté gratuite. Non qu'on ait été des intimes, ni des complices nocturnes, ni des frères de bamboche, mais Françoise avait un vrai don pour se pointer au bon moment dans mon paysage. Un saint-bernard maigrichon. Une femme Gémeaux délicieuse. Autrefois, elle me faisait même des ordonnances particulières pour guérir mes peines de cœur.

— Tu as un chagrin d'amour, mon coco ? Elle t'a quitté ? Bon, ça fait mal, je connais ça... Avec Guy, j'étais à bonne école, crois-moi, et pas seulement avec lui... Pendant une semaine tu vas me prendre trois doses quotidiennes d'*Un amour de Swann* matin, midi et soir et avant de t'endormir cinq pages de *La Prisonnière* n'importe lesquelles... Excellent, Marcel pour les bobos de l'amour ! Si ça ne passe pas, on essaiera Fitzgerald, Tchekhov, Baudelaire, tu verras, ça hiérarchise les malheurs, ça dégage les bronches, ça « élargit le cœur » comme disait cette fofolle de Madame de La Fayette qui n'est pas vraiment mon genre... Moi, la romance, la poésie, ça m'a souvent guérie... En cas de détresse absolue, on complétera avec de la grande musique, Schubert, Bach, etc. Mais les mots quand même c'est plus efficace pour la mélodie...

Je n'en reviens pas de retrouver Françoise, ici, entre le Grand Ponte, Tom Hanks et mon Michel devenu barbe à papa et moustiquaire. Elle a entendu qu'on parlait d'elle et clic clac elle nous a rejoints. Elle se tient à l'écart comme dans la vraie vie, discrète libellule, alors qu'elle est la personne la plus considérable de la compagnie. Je vois qu'elle s'empresse d'aller minauder avec Michel, elle a toujours aimé les chanteurs yéyé. Que peuvent-ils se raconter tous les deux ? Va-t-elle lui écrire une chanson comme elle l'a déjà fait pour Johnny ? Je les observe. La lumière passe à travers leurs corps. Deux fantômes de chair et d'os invisibles. Je les aime beaucoup ces translucides déjà dévorés. Ils essaient sans doute de me dire quelque chose. Peut-être qu'ils m'attendent.

Le grand avantage de mon petit délire et de tous les fantômes qui y débarquent c'est que ça me dispense de tenir compte d'une réalité – qui, depuis le colibri immobile, ne tourne plus du tout à mon avantage. Impossible encore de savoir ce qui s'est vraiment passé du côté de mon cœur mais je sens bien qu'il flanche, se dérobe, s'éteint, ne fait plus barrage aux pensées abracadabrantes qui se bousculent. Je lâche la rampe. Fini l'ordre et la discipline. Pas désagréable.

Dès que je redeviens lucide, je me demande tout de même pourquoi j'ai tant de mal avec mon nom et mon âge alors que je pourrais exhumer encore mille détails sur le mari de Françoise, la Thunderbird de papa, le cousin Enthousiasme, Milady de Winter, les mambos de Paradis-Plage ou le pull torsadé de Michel. Comme si ma machine intérieure, tapie dans sa jungle de synapses, avait choisi de m'assigner à une séquence de passé spécifique tout en m'interdisant d'accéder aux choses immédiates que personne n'oublie jamais. Je me suis toujours méfié de ce moi-mémoire bourré de jadis qui ne va moissonner que des souvenirs triés sur le volet. Il fonctionne comme une cinquième colonne, très ennemie et grimacière, toujours prête à faciliter l'intrusion d'un passé de rien du tout, des idées fixes indésirables, des mauvaises sensations d'un temps qui n'est plus, qu'on n'a pas forcément envie de revisiter, alors qu'elle néglige et enfouit l'essentiel qui serait comme un baume dans les moments âpres. Tout ça pour dire que Michel, Françoise, et même ce Guy qui avait un faux air de Grand Ponte, ça n'est pas vraiment le premier moi qui les a convoqués dans cette salle d'attente, c'est plutôt le deuxième, ou le troisième si ça se trouve. Mais maintenant qu'ils sont là, si prévenants, si soucieux de mon honneur, si désireux que je remette mes idées et mes perceptions à l'endroit, je m'en voudrais de les expulser. J'aurais bien le temps plus tard, si plus tard il y a, de négocier un bon pacte avec mon passé. Après tout, lui et moi, on a un peu la même histoire.

Vita est arrivée une heure plus tard. Royale. Prévenue par Archi qui, tel que je le connais, a dû en profiter pour lui proposer un dîner en tête à tête qu'elle aura évidemment refusé. Elle s'agenouille à mon chevet. Baise mes paupières. Ses lèvres, sa main sur mon front, son haleine fruitée, ses gestes frais me restituent pendant quelques secondes le bon goût de la vie heureuse. Son regard m'enveloppe. C'est un regard tendre soyeux qui, de ses mouvements, tisse autour de moi un cocon d'angelots protecteurs. Il me dit, ce regard, que ce n'est pas le moment d'abandonner la partie. Ni de flancher comme un amateur. Ce qui est sûr et qui m'apaise c'est qu'elle n'est pas à mon chevet pour un adieu. C'est le bon moment de m'accorder pleinement à son prénom que j'adore, ce prénom qui au début quand je la connaissais peu me renvoyait immanquablement à la maîtresse de Virginia Woolf mais ça n'avait pas duré longtemps cette association d'idées car Vita était italienne, donc le contraire d'une Anglaise, et le contraire d'une femme à femmes... Devant elle, je sais que je ne dois pas me montrer trop longtemps ainsi défait et languissant car on ne doit jamais prendre le risque de lasser l'amour d'une créature de sa trempe. Je tente de le lui dire. Mes mots encore s'ensablent. Tom Hanks me prépare une piqûre de quelque chose. La main de Vita m'accompagne dans le brouillard. Tout devient flou. Silencieux. Immersion lente en moi-même. Je suis à bord d'un sous-marin dans un moi océan. Vita scintille au-dessus de l'eau comme un phare qui me signale les escarpements et les récifs d'une côte sauvage. Après tout, si je dois mourir, autant mourir maintenant, autant franchir tranquille le « peu profond ruisseau » pendant ce moment si joli si suave si pacifique.

Des sons lointains hésitent. Ce sont des courants de mots qui viennent me lécher. Pas envie de revenir trop vite à la surface. Ni de m'expliquer avec les autres humains qui parlent à voix basse autour de mon lit.

C'est en traversant cette zone si proche du vide et de l'extrême sensation que j'ai été aspiré par un autre morceau de passé qui, tel un vieux champ magnétique reprenant du service, devait m'attendre là depuis longtemps.

Je suis très jeune dans ce passé, encore du côté de l'enfance, debout, à l'heure la plus chaude, dans une ville écrasée de lumière. Chez moi, dans la noble bâtisse couverte de Santa Rita, tous barbotent dans une sensuelle torpeur. Envie de les fuir. De respirer ailleurs. De faire savoir, déjà, que je ne suis pas eux. Le sirocco sèche les pierres et le paysage. Il s'engouffre dans les ruelles, jette ses anneaux d'air brûlant sur chaque fenêtre, s'enroule autour des minarets, soulève des tourbillons de poussière qui tournent-tournent comme des derviches venteux. À droite, à gauche, des faux poivriers, des flots de mimosas, des figuiers bibliques, des agaves bleus dont la pointe acérée veut me tatouer au passage. Chacun de mes pas s'enfonce dans l'asphalte amolli par le feu du ciel. À l'ombre courte des porches, des vieillards tranquilles mâchent des dattes en jouant avec des pattes de poulet et des chapelets d'ambre. Dans mes poumons, des molécules d'air qui ont peut-être séjourné jadis dans la poitrine d'un consul romain, d'un héron, d'un cavalier ottoman.

Je suis ébloui. Pétrifié. Plongé dans des secondes qui ont chacune la densité d'une vie. Le temps instille son premier tic-tac d'horloge dans mon corps qui jusque-là se confondait avec l'éternité de l'eau ou des cailloux. Un âne me suit, puis me précède, sur le chemin qui mène à la mer. Une dune. Je l'escalade. J'atteins son sommet d'où je peux contempler l'immense plage déserte parfumée de varech et d'arbousiers. Un aigle plane au-dessus de ma tête. Il ressemble, mais je ne le sais pas encore, à l'aigle puissant et imaginé qui m'avait soulevé quand je me roulais dans l'argile pilée du court de tennis.

Maintenant l'aigle virevolte au ralenti. De son aile immense, tranchante comme une étrave, il fend la mer, y fait naître une haute gerbe d'écume qui retombe sur mon visage. Baptême. J'ignore encore ce qu'est un baptême. Je sens seulement que je viens de quitter la nature pour entrer dans l'histoire des hommes. La sensation a précédé l'idée. Ça se passe toujours comme ça.

Je sais de pure intuition que cet instant imbibé de passé-présent divisera à jamais mon existence. Qu'il ne faudra rien rater ni enjamber de ce qui m'est ou me sera donné de vivre. J'acquiesce. Je comprends l'essentiel. Les fleurs flambent et s'éteignent. Les jours naissent et déclinent. Le temps dévore chaque chose. Tout s'accomplit selon un ordre régulier et respectable. Je dis oui à la beauté, à la nature, au soleil. Pour la première fois je trouve ma place exacte à l'intérieur d'une tendresse enveloppante et cosmique. Aucune raison de trembler. Toute ma vie peut s'ensuivre. Je n'ai pas peur.

Après plusieurs explorations complexes, le Grand Ponte décide de me parler « d'homme à homme » (c'est son expression) :

— Ah, on a du boulot ! Anévrisme, valve, aorte et *tout le toutim*... Je vous épargne les détails... Va falloir remettre un peu d'ordre dans tout ce bordel... Vous voyez le gros tuyau qui part d'un lavabo ? Eh bien, ça a la forme d'une aorte...

Il se racle la gorge. Claque des doigts à l'attention de Tom Hanks qui lui apporte aussitôt un verre d'eau. Ne remercie pas.

— ... et la vôtre, d'aorte, je vous assure, elle est toute gonflée au mauvais endroit, ventrue, pansue... Une gorge de pélican... Un ancêtre, papa, maman, papy, quelqu'un d'ancestral si ça se trouve, vous a légué cette saloperie, et vous avez aggravé l'affaire avec un tempérament bilieux... Vous êtes du genre à vous faire des soucis, non ? Pour un oui, pour un non, je vois... Eh bien, nous y sommes, faut passer à la caisse maintenant… Ça arrive à tout le monde, on hérite d'une tare pas trop grave, d'un minime défaut de fabrication, et nous, avec nos chagrins, nos minables compétitions sociales, nos problèmes de fric, nos vanités, nos soucis d'amour, la vie de bureau, le *struggle for life*, on en rajoute, on pousse trop la mécanique… Et, au meilleur moment, ça pète… Ça arrive à des gens très bien, vous savez ? Des sportifs, des tout jeunes, des athlètes… Quelqu'un vous a contrarié ces derniers temps ? Vous pouvez tout me raconter… N'oubliez pas que je vais farfouiller dans votre poitrine et que, de toute façon, je verrai tout ce qu'il y a à voir…

Il me fixe de son œil rapace :

— … faudra me raconter, hein… Je suis un plombier, d'accord, mais je m'occupe aussi du *software*, des âmes si vous préférez… Entre la plomberie et l'âme, il y a un branchement direct… Et moi, je suis un spécialiste de ce branchement…

J'aimerais lui répondre, faire la conversation, argumenter en faveur de la plomberie ou du branchement, mes mots ne franchissent pas dents et lèvres. Apparemment, ça ne dérange personne. Il poursuit :

— … oui, sur le créneau *software*, les psys, les curés, les chamanes, les voyantes, les astrologues nous font un peu concurrence, mais avec eux ça n'est jamais sérieux… Ils ne connaissent pas l'anatomie… Et l'anatomie, mon cher, c'est le destin… À propos, le sexe, ça va comme vous voulez ?

Là encore, j'aimerais répondre... Mais il me devance...

— ... parce que le sexe, vous savez, c'est connecté au cœur, et ça résume tout... L'âme, le chagrin, la famille, la peur, l'amour, la guerre, la compétition... Le sexe, c'est le branchement complet, le grand échangeur, un mélange parfait d'âme et de corps...

Il m'observe par en dessous comme si j'étais une petite chose cabossée. Très agaçant. Mon esprit s'insurge, rassemble ses troupes décimées, tente en vain de jeter dans la bataille un reste de vigueur. Le Grand Ponte ne m'écoute plus. Ça lui est d'autant plus facile que finalement je n'ai rien dit.

— ... moi, je vais vous réparer ça vite fait... Estimez-vous heureux, primo parce que je suis le meilleur, je vous le dis modestement, le meilleur de la profession, le « *Paganini del cuore* » comme vient de l'écrire une journaliste très compétente du *Corriere della Sera*... Deuzio parce que vous apparteniez sans le savoir au club des amis de la mort subite et qu'il vaut mieux, croyez-moi, ne pas trop traîner dans ce coin-là... Sans votre petit vertige sur le court de tennis, sans nos investigations et mon diagnostic, vous auriez pu vivre avec cette bombe à retardement bien accrochée sous le plexus, et puis boum ça aurait explosé par surprise pendant que vous étiez en train de grimper un escalier ou de baiser votre fiancée... Vous en auriez fait une tête, non ? Croyez-moi, c'est pas l'idéal pour commencer sa journée... Mais il va de soi que si la mort vous tente on peut surseoir...

Son portable vibre. Il affiche l'expression mielleuse de celui qui parle à sa maîtresse-trophée :

— Oui, chérie, on se retrouve plus tard, je t'envoie le chauffeur, je prendrai un taxi…

Il va s'éclipser.

— … donc, pas le choix, hein, faut opérer… Je vais vous scier la poitrine… Je change la valve, je vous fais une rustine en porc sur l'aorte, j'espère que vous n'avez rien contre les porcs, ils sont adorables et ont des morceaux qui s'ajustent divinement à l'humain, ce qui en dit long d'ailleurs sur notre vraie nature… Rien de terrible, je garantis, vous serez endormi… Trois quatre malchances sur cent d'y rester, pas plus… Avec le cœur, c'est toujours comme ça… *Heart is a silent killer*… Un beau salaud qui sert à aimer et qui tue sans prévenir… C'est toujours précis, fatal, millimétrique, le cœur… On va faire deux trois scanners, des bricoles préparatoires, on vous nettoie, on vous rase, vous vous laissez bichonner, et on se retrouve en salle d'opération… C'est bon pour vous ?

Sur le moment, et même si j'avais pu, je n'aurais pas eu envie de lui raconter ma vie. Méfiance. Instinct. Brouillard mental. Cela dit, en effet, *quelqu'un* m'avait sérieusement contrarié deux trois mois plus tôt… Une histoire de famille, pas jolie jolie, mais bon pas de quoi agoniser non plus… On m'avait *brisé le cœur*, disais-je aux uns aux autres… Il y a des expressions comme ça qu'il vaudrait mieux éviter. Si je survis à cette saloperie de gorge de pélican, si je ressors intact de ce qui s'annonce, je reviendrai là-dessus. Enfin, ça n'est même pas sûr. On verra.

Trois quatre malchances sur cent. Statistiquement raisonnable. Moins probable qu'un amour malheureux. Beaucoup plus que de mourir en recevant comme Eschyle une tortue sur le crâne. Le plus urgent : testament, paperasse, adieux aux uns aux autres – au cas où. Je préférerais ô oui vraiment appuyer sur la touche *rewind* de l'écheveau. Remonter le cours des choses. Éliminer les erreurs. Passer une soirée avec mon père à Paradis-Plage. Bavarder avec M. Rachid. Visiter la pampa en compagnie d'Archi. Trouver des rimes pour Michel. Lire *Albertine disparue* pour la première fois. Apprendre à danser le mambo. Discuter avec le cousin Enthousiasme. Demander une ordonnance à Françoise. Dissiper quelques malentendus en suspens. Prendre le temps de retoucher ceci cela. Etc. Mais les choses sont ce qu'elles sont. Et personne ne me demande *ce que je préférerais*. Amor fati. Amor fati. Amor fati. Tu veux rire ? Je n'ai jamais eu grande estime pour les Stoïciens. Des faux-culs. Des vertueux par défaut. Des habiles très torves et préjésuitiques dans l'évitement du plaisir de vivre. Depuis quand et pourquoi devrait-on consentir à l'infortune ? Ai toujours eu envie de piétiner théoriquement cette tribu biophobe et ses rejetons modernes. En attendant, je dois mettre un peu d'ordre.

Quoique : j'ai un ami, un frère, Bernard, monstre d'énergie, nietzschéen d'envergure, aventurier de toutes ses vies (il se nomme Lévy mais, moi, je l'appelle LesVies), qui me dit toujours que, pour dissuader la mort, pour ne pas lui donner envie de vous avaler, il faut surtout lui tenir tête et *ne pas être prêt*. Parce que cette mort gourmande et dévoreuse, si ça se trouve, elle est plutôt compréhensive. Elle tue, c'est entendu, puisque c'est sa raison d'être mais, m'assure Bernard, à butin égal, elle dévorera peut-être en priorité les malheureux qui sont prêts, qui ont fini leur ouvrage et mis de l'ordre dans leurs papiers plutôt que les humains qui vivent dans l'improvisation, le désordre, l'impréparation, l'urgence. Bernard, lui, refuse d'être prêt. Il y a toujours dix ou vingt chantiers inachevés dans son emploi du temps. La mort viendra c'est sûr, même pour lui, mais il veut la voir de loin, négocier avec elle, lui lâcher ceci, lui reprendre cela, réclamer un délai supplémentaire, se battre pied à pied, faire savoir qu'il lui faut encore un peu de temps, perdre à la fin, impossible de faire autrement, mais après s'être défendu comme un lion – et, bien que je n'aie pas encore arrêté ma religion, je sens qu'il n'a pas forcément tort. Parfois, je lui cite la dernière scène du *Coriolan* de Shakespeare (« *readiness is all...* »), mais il ne veut rien entendre. D'après lui, Shakespeare voulait dire le contraire de ce qu'on lui fait dire. C'est un point de vue. Ni vrai ni faux. De toute façon, c'est à chacun de décider.

Sur le même thème, il y a une autre histoire, que racontait Fellini *himself*, et qui achève de me convaincre : pendant le tournage de *La Dolce Vita*, l'immense Federico, soudain mélancolique, avait eu envie d'aller au cinéma, seul, de toute urgence, pour voir un péplum en technicolor avec Hedy Lamarr et Victor Mature. Il quitte discrètement les plateaux de Cinecittà, entre dans une salle obscure du quartier Saint-Ange, le film commence, c'est *Samson et Dalila*, quand il entend du bruit derrière lui, un spectateur en retard, plutôt une spectatrice qui dérange tout le monde, ne s'excuse pas et qui, guidée par le rai de lumière de l'ouvreuse, avance dans sa direction. Fellini se retourne pour faire taire l'intrus, il voit alors une vieille dame trop maquillée, vulgaire, lippue, avec des seins énormes, pas le contraire de celles qu'il recrute lui-même pour ses scènes hautes en couleurs romaines, et la dame croise soudain le regard de ce spectateur pas comme les autres. Aussitôt Fellini reconnaît la mort qui, ravie de tomber sur une proie aussi illustre, se pourlèche déjà, lui adresse un petit signe impérieux de la main,

« *vieni, vieni, vieni…* » (sur l'air d'une future chanson de Paolo Conte, car la mort a déjà connaissance des *tubes* à venir…) façon de dire « allez, dépêche-toi, c'est l'heure, j'ai pas que ça à faire… ». Mais Fellini ne l'entend pas ainsi, il veut voir la fin du film qui le passionne, dont il a bizarrement besoin pour nourrir son propre scénario en panne, et il le dit sans manière à la dame maquillée… « Repasse un autre jour, je ne suis pas prêt… Il faut absolument que je vois comment Samson va détruire le temple des Philistins et comment Dalila s'y prendra pour lui couper les cheveux… » et, sans la moindre crainte ou panique, il lui tourne tranquillement le dos… La mort, paraît-il – surtout si on veut bien croire ce menteur de Federico, mais il y a tellement de vérité fondamentale dans ce mensonge… – la mort, dis-je, sans doute cinéphile, s'est alors faite toute timide, révérencieuse du génie en plein travail, avant de s'esquiver sans demander son reste. C'est exactement ce que je dois faire. Avoir l'allure d'un homme occupé, requis, absorbé, peu pressé d'abandonner la partie, pas consentant – et tout pénétré de l'importance des choses qu'il doit encore accomplir sur terre. Saurai-je ? Oserai-je ?

Mais la mort n'est pas toujours aussi docile.

Et le tragique, le ridicule, le risible dans cette affaire, c'est l'effet de surprise dont la mort si ça lui chante peut se servir comme d'une botte secrète fulgurante… On joue au tennis, on regarde un film, on fait l'allègre plein de désir de vivre, et pif paf l'existence, n'importe quelle existence, s'arrête net, et on se fracasse sur un instant ordinaire, une fraction insignifiante de temps qui, chevauchant la foudre, devient plus importante que les dizaines d'années qu'on vient de vivre.

J'adore, dans les images d'archives, voir ces gens, les frères Kennedy par exemple, qui n'ont plus que quelques secondes de vie devant eux, qui sourient, qui croient que c'est arrivé pour toujours et qui… Ou la photo de James Dean, beau comme un dieu, quand il saute dans sa Porsche cinq minutes avant… J'imagine aussi Jules César débarquant glorieux au Sénat pendant les Ides de Mars, ou ces amoureux de Pearl Harbor, du *World Trade*, de Pompéi, un battement de cils avant la fin… Chaque fois, c'est la mort qui bondit, poignarde, éventre, ensevelit, brûle – par surprise. Pas le temps de se retourner. Dans mon cas évidemment plus modeste c'était pas loin.

J'avais lu, autrefois, la confession d'une New-Yorkaise de Californie, Joan quelque chose, une chroniqueuse *radical chic*, sur ces affaires de foudre tueuse.

Elle allume un feu de cheminée dans son bel appartement de Manhattan, elle se prépare à une soirée *cosy* où elle écoutera Glenn Gould et Frank Sinatra, elle sert un whisky à son mari adoré complice de toute une vie et tout bordé du plaid en tweed qu'elle a acheté pour lui chez Bergdorf, elle tisonne le feu, remercie comme à son habitude l'existence qui la protège si bien, cherche mentalement l'*incipit* du roman d'amour qu'elle envisage d'écrire, se retourne, tend le verre où tintent les glaçons et le mari, sans adieu ni soupir audible, sans rien, est juste raide mort.

Je me souviens que la dame qui racontait ça citait une tragédie d'Euripide, je n'ai pas été vérifier, où le héros pouvait éviter de mourir comme ça, à la va-vite, si quelqu'un, prévenu en catastrophe par les décideurs de l'Olympe, voulait bien trépasser à sa place... Or, même pour les Grecs demi-dieux qui avaient de sérieuses relations célestes, ça n'était pas facile à trouver ce quelqu'un. Pour autant que je m'en souvienne, c'est l'épouse du héros qui, chez Euripide, acceptait de mourir à la place de son mari – lequel, en échange, promettait de ne plus regarder une autre femme.

Est-ce que Vita ferait ce genre de chose pour moi ? Et moi pour elle ? Serais-je si désireux de vivre si elle acceptait de mourir à ma place ? Serait-elle disposée à poursuivre sa belle vie si je n'étais plus là ? On devrait être attentif à ces détails pas tellement secondaires avant de foncer tête baissée dans l'éventuelle passion. Si je m'en sors, je proposerai à Vita un bon contrat d'amour lucide où tout serait précisé noir sur blanc. On ne sait jamais.

Tom Hanks m'apprend qu'on vient d'installer un Acteur Célèbre dans la chambre d'à côté. On doit l'opérer après moi. L'aorte, lui aussi. Avec une complication supplémentaire à cause de ses ventricules trop graisseux. On me signale qu'il vocifère comme un damné, grogne, se plaint d'un rien, fait des propositions obscènes aux infirmières, mais qu'on va le calmer avec des drogues solides. Une dizaine de paparazzi s'est aussitôt installée devant la clinique. L'un d'entre eux, juché tout en haut du réverbère qui arrive à la hauteur de mon balcon, m'adresse des petits signes de sympathie qui me supplient de le laisser passer par ma chambre et je l'aurais volontiers aidé si, pauvre Gulliver, je n'étais pas ligoté par les câbles électriques qui me relient aux écrans de contrôle.

Serais bien incapable d'expliquer ça mais, pendant quelques minutes, j'ai alors eu la rapide certitude que la mort allait choisir entre l'Acteur et moi.

Du point de vue de la mort, une personnalité de son calibre serait c'est certain d'un meilleur profit. Énorme couverture de presse garantie. Journal télé du soir et du lendemain. Hommage national. Peut-être Madeleine ou cour des Invalides. Si la mort veut frapper un grand coup je ne risque rien.

— Faudra lui pardonner s'il vous dérange, s'excuse Tom… Les acteurs, vous savez ce que c'est, ils en font toujours un peu trop… Caprice et compagnie… On lui doit quand même des bons moments, hein… Vous vous souvenez du film avec…

Il a oublié le titre du film et le nom de la partenaire. Moi, je me souvenais surtout de ses performances d'autrefois à la Comédie-Française quand il était Lorenzaccio, Perdican, Don Carlos, Polyeucte. Il y avait eu également, entre lui et moi, une nuit étoilée à Avignon pour un *Roi Lear* qui avait sérieusement facilité mes grandes manœuvres avec une attractive touriste romantique. C'était un cabotin capable de faire l'ogre et le jeune premier. De jouer du fifre et du basson grâce à sa voix de ventre qui parfois remontait jusqu'à son âme. Après, je l'ai un peu perdu de vue quand il est devenu un monstre sacré du cinéma mais ça ne m'aurait pas déplu d'être comme lui un type que tout le monde reconnaît quand il débarque à Séoul, à Berlin, à Rio. Sa proximité m'émeut. Une mince cloison sépare sa tête de lit de la mienne. J'imagine que le Grand Ponte est très excité. Il va c'est sûr m'expédier rapidement pour se concentrer sur son prestigieux malade. Je ne sais pas encore si je dois m'inquiéter.

Avant d'y *passer* éventuellement, je dresse la liste des dix choses qu'il me faudrait réussir. Dont je ne me suis pas encore acquitté. Dont j'aurais déjà dû me soucier. Qu'il était dans mon programme moral d'accomplir

– avant de crever possiblement dans une clinique de Neuilly à cause d'une aorte défectueuse et brutalement broyée par un soleil miniature.

1/ Écrire un livre un seul dont j'aurais la garantie certifiée en Haut-Lieu qu'il durera plus longtemps qu'une voiture ou un chien.

2/ Faire disparaître toute trace de mes lâchetés, de mes mauvaises actions, de mes vilenies, de mes compromissions, de mes affaires sexuelles bizarres ou peu flatteuses, afin de laisser dans mon sillage un dossier très *clean* quoique peu crédible.

3/ Choisir un endroit, quelque part dans le monde, de préférence une île du Sud, et y faire bâtir un petit édifice en pierres sèches, bientôt envahi par des lézards et des chats sauvages, pour accueillir mes cendres puis celles de Vita – à condition ça va de soi qu'elle congédie avec hautaines manières, comme Pénélope, tous les candidats à ma succession dans ses bras.

4/ Apprendre vraiment l'italien qui reste, par-delà tout ce que j'ai pu entendre dans ma vie, l'ensemble de sons, et partant l'ensemble de sentiments agréables induits par ces sons, qui m'a procuré la plus grande quantité de félicités musicales.

5/ Me purger l'esprit de la rage que m'inspirent quelques hommes et femmes dont j'ai été proche et qui m'ont inutilement nui trahi meurtri hier ou avant-hier. Et cela parce que je viens de comprendre, trop tardivement puisque je suis aux portes du trou-néant, que le désir de vengeance pourrit l'existence – pour rien.

6/ Retrouver, par petites annonces, une Thunderbird rutilante et la conduire sur une route de corniche un soir de printemps avec un costume de lin correctement froissé et un panama à large bord.

7/ Me prouver à moi-même, au moins une fois, que je suis courageux. Que je peux me sacrifier et oublier pour autrui ma vie, mon nombril, mon ego, mon bénéfice. Vérifier sans attendre qu'il y a en moi quelque chose de plus grand que moi.

8/ Écrire des lettres mémorables à mon second fils, à ma fille, à mon ami LesVies, à mon éditeur, à M. Rachid, à mes amantes les plus considérables. Laisser un message désabusé, paternel et souriant sur la boîte vocale de mon fils aîné. Lui dire qu'il m'a manqué. Rien de larmoyant si possible.

9/ Demander à ceux que j'ai aimés avec négligence de me pardonner. Leur préciser que je les aime intensément désormais. Que j'interviendrai en leur faveur s'il y a lieu et si un reliquat d'influence m'est encore accordé dans l'hypothétique au-delà.

10/ Avoir enfin une deuxième balle de service foudroyante, précise, bien liftée. De celles qui figent l'adversaire et lui inspirent un rictus de dépit et d'admiration.

Le Grand Ponte repose sa question :

— Dans quelques jours, c'est bon pour vous ?

Impossible, à cause des drogues apaisantes, de comprendre le sens de ces mots – que je parviens tout de même à compter. Il y en a huit. Ils se soumettent humblement au mouvement de ses lèvres fines. Ils s'accrochent à des dentales énigmatiques dont le sens m'échappe. Je voudrais répondre mais une question s'attarde encore dans ma bouche, danse sur ma langue, se cogne à mes gencives, veut sortir. Je n'arrive pas à la retenir.

— C'est vous qui aviez opéré Michel ?

— Michel ? Quel Michel ?

— Celui qui écrivait des chansons...

— Il est célèbre ? Parce que vous savez, moi, j'aime pas trop les inconnus... Vous-même, si je n'avais pas été appelé par mon vieil ami Montoya, je ne suis pas certain que je me serais dérangé...

Je tente de lui siffloter misérablement quelques mesures du *Paradis blanc*...

— Bon, ça n'a pas l'air trop fameux votre truc... Non, je ne crois pas le connaître ce Michel...

Face à mes vocalises lamentables, à mes pupilles dilatées, à mon esprit bouilli, le Grand Ponte a pitié. Il me considère à peine.

— Vous savez, reprend-il, je passe mon temps à réparer le cœur des gens... Deux trois par jour... Alors des Michel, c'est sûr, j'ai dû en ouvrir des dizaines...

Puis il donne ses instructions à l'interne avant de filer comme un voleur.

Il trouve tout de même le temps de revenir à ce qui lui paraît plus sérieux :

— Dites donc, vous êtes bien Capricorne ?

— Oui… Je crois… L'astrologie, vous savez, c'est pas trop mon truc…

— Pas grave… Je m'étais déjà renseigné notez bien, c'était juste pour avoir confirmation… Ça me réussit toujours les Capricorne… Ma voyante, savez-vous, est très attentive au signe de mes opérés… En ce moment, elle me recommande les natifs de décembre janvier… Vous auriez été Scorpion ou Vierge, je vous aurais refilé à un collègue… On a tous nos petites manies, si vous permettez… Le Grand Acteur, votre voisin, est Lion, et ça m'embête, mais pas question de me priver de la poitrine d'une célébrité… J'ai demandé à ma voyante de me laisser tranquille sur ce coup-là…

Il a encore quelque chose à me demander :

— C'était votre fiancée, la dame qui vous a rendu visite ?

— Oui, c'est Vita…

— Ah, Vita, c'est bon signe… Une beauté, paraît-il… Toute la clinique en parle… On est venu me prévenir en salle d'opération, mais je n'allais quand même pas laisser mon client avec la poitrine ouverte pour venir saluer madame… Cela dit, je serais ravi de lui être présenté… Un petit dîner, bientôt, ce serait sympa, non ?

Puis vint l'instant précaire entre ma chambre et la salle d'opération. Cliquetis, portes d'ascenseur, bruits divers, plafonniers blafards et successifs, plaisanteries des infirmiers qui me transportent tout en n'étant pas du même avis sur le match de foot de la veille.

Dans la salle, enfin, où le Grand Ponte se livre à quelques exercices d'assouplissement. Il ressemble à un duelliste qui s'échauffe avant de tirer l'épée ou le sabre.

On me pique avec une aiguille qui va m'expédier je ne sais où. Je dois compter à l'envers, de 10 à 0, en sachant que je serai endormi entre le 7 et le 6. Tom Hanks fait partie du ballet. Il me conseille de penser à quelque chose d'agréable, de sucré, un prétexte pour voyager à l'aise dans la nuit artificielle. Une jolie pensée s'il vous plaît. Comme si c'était la dernière. Sauf qu'il y en aura d'autres si tout se passe bien. Après ça, on éteint tout, je serai dans le noir mental, je deviendrai rivière souterraine, avec retour possible à la lumière.

De toute façon, on m'a prévenu : ce genre d'opération provoque un déferlement de rêves et de souvenirs stupéfiants. La tête devient une sorte de piscine à débordement qui n'en finit pas d'aspirer du passé bien enfoui et de le faire remonter à la surface... Comme si la mémoire chauffée à blanc tournait sur elle-même. Une boule de feu, une toupie incontrôlable, très rotative, avec étincelles et crépitements insensés... De l'inconscient à l'état brut... Des flots de *ça*... Je dois, disent-ils, me préparer à une puissante inflation de passé. Et quand les souvenirs rappliquent, me conseille-t-on, il faut être gentil, les accueillir avec grâce, faire semblant de se soumettre à leur royauté... J'ai promis d'obéir... Je me suis préparé, j'ai attendu le premier déferlement... C'est alors que, jaillissante et impérieuse, guère prévue, me vint la songerie parfaite, la plus tendre que je puisse convoquer. Je m'y suis agrippé comme à la crinière d'une licorne.

Dans cette songerie, je suis au chevet de ma mère, heureux de la retrouver, mais également tourmenté car je me souviens très bien qu'à ce moment-là, déjà ancien, elle vivait ses dernières heures – peut-être comme moi à cet instant. Elle est dans son lit, mignonne et centenaire, enveloppée de draps en belle dentelle, parfumée avec quelques gouttes de *Fracas*. Elle ressemble encore à l'actrice Gaby Morlay. Ses yeux vert-bleu piquetés de jaune jonquille me regardent pour la dernière fois. Elle a décidé d'abréger sa vie trop longue.

On a tout prévu : pilule, assoupissement rapide et paisible, piqûre d'insuline, et voilà, c'est fini. Il faut savoir lâcher ses futurs défunts, leur souhaiter bon voyage, les abandonner aux flots noirs. Maman croyait à l'amour mais pas au ciel. Elle avait seulement insisté pour que ce soit moi qui lui tende cette pilule, après quoi le médecin arrivait avec sa seringue. Ça n'avait pas été facile mais son sourire avait tout simplifié. Un beau sourire à la fin d'une vie où les choses s'étaient convenablement enchaînées avec joies, deuils, naissances, exil, courage, bonté.

J'étais si heureux de revoir maman, là, juste avant de m'endormir sous les *sunlights* opératoires, j'ai peu de temps, mais je ne veux pas la quitter. Près d'elle, le dernier livre qu'elle lisait, c'était, comment oublier un truc pareil, *La Joie de vivre* de Zola, il lui reste dix pages à lire mais qu'elle n'aura plus le temps, elle me demande de lui raconter, avant qu'elle se mette en route à jamais, comment le roman se termine, mais moi, tragédie presque aussi tragique que la mort imminente de maman, je n'ai jamais lu *La Joie de vivre*, ça m'a toujours ennuyé Zola, malgré la bizarrerie de son nom qui commence par la fin de l'alphabet et se termine par le début, et malgré le beau titre de ce roman à tous égards noblement digne d'un adieu au monde.

Le temps me manque, j'ai à peine une ou deux secondes pour lire le roman en entier, et surtout pour savoir ce qui se passe dans les dix dernières pages, il faut que je fasse vite, très vite, je ne veux pas me sentir coupable de n'avoir pas su offrir à maman un dernier plaisir, mais une ou deux secondes pour lire un gros roman, je n'y arriverai jamais, c'est trop tard, l'angoisse est là qui m'étrangle, la songerie qui devait me rendre heureux tourne à l'angoisse, je ne me pardonnerai jamais, jamais. L'anesthésiste compte 9, 8… Ça m'embête cette course contre la montre, si j'avais su au moins que maman allait me demander une chose pareille, je pourrais inventer bien sûr avec Zola c'est toujours la même histoire qui se termine à l'asile, dans un appartement cossu de la plaine Monceau ou dans un estaminet des quartiers pauvres parmi des alcooliques qui reviendront dans le volume suivant, mais un mensonge de dernière seconde, honnêtement ça me gêne… Maman a compris mon embarras, elle ne veut pas que je sois contrarié par ça, et alors la si douce, la si vieille très généreuse me dit, bon c'est pas grave, ne t'en fais pas pour ça mon chéri, on aura tout le temps…

Et là, elle prononce cette phrase incroyable, suprême, surtout de la part d'un être qui ne s'est jamais raconté de salades sur l'au-delà ni sur l'immortalité de l'âme ni sur le *bondieu* à qui elle ne s'adressait que pour arranger les affaires terrestres des membres de sa famille, mais qui pour elle n'existait plus depuis longtemps.

Cette phrase, la voici, j'en tremble :

— Tu me raconteras…

7… 6…

Tels furent ses derniers mots.

Tu me raconteras…

Une façon de me dire au bord du gouffre que, si on veut bien faire semblant, le paradis existe, qu'elle m'y précède, m'y attend. Pas besoin de croire à l'éternité mon chéri puisqu'on s'y retrouvera.

Quelques instants plus tard, le Grand Ponte me cisaille le thorax comme si j'étais un coquelet. Il taille. Il éponge. Il *joue avec mon cœur* (c'était une chanson de Petula Clark qu'on entendait souvent sur le *juke-box* de Paradis-Plage), il tripote mes ventricules, répare le gros tuyau ventru pansu gonflé au mauvais endroit, y colle sa fameuse rustine de porc qui va peut-être infléchir mon tempérament vers une façon d'être inhabituelle, fouille et rebrode mes artères pendant huit heures. Il a jeté un furtif coup d'œil aux poumons, il a caressé mes côtes, tâté ici et là. Puis il me recoud au point de croix après avoir aspiré toutes les saletés qui flottaient dans la zone comme les débris d'un naufrage. C'est un plombier-artiste, un *maestro*, un *Dé d'Or*, une petite main très haute couture, il s'éclate, son doigté n'a pas de prix. Il faut le comprendre, car elles ne sont pas données les roses de Lachaume ou de Moulié qu'il doit expédier en virils bouquets aux femmes qui l'excitent. J'ai calculé : il faut deux cœurs réparés pour offrir mille roses à femme-épouse et à femme-trophée.

Pour moi, c'est moins amusant.

Une traversée du néant avec escales morbidifères dans des blocs de vide, des effrois, des immensités gelées, des torrents de phosphore, des fulgurances, des flammèches, des chutes au-dedans, vers l'intérieur ultime de soi.

Aucun souvenir de ces glissades spatio-temporelles sur le chemin de crête qui va du passé à l'avenir, et reflue inversement comme un mascaret.

Aucun souvenir mais des sensations. J'ai eu l'impression de mourir, de revivre, de mourir encore et ainsi de suite jusqu'au tenace goût de rouille qui me reste.

Ce qui est certain, c'est que je n'ai pas vu d'anges, ni de verts pâturages, ni des rivières d'hydromel, ni de lumière au bout d'un tunnel, je n'ai pas entendu les harpistes célestes, ni senti les doux zéphyrs d'éternité sur ma peau. Seul a existé le néant. D'où je suis ressorti avec la conviction définitive que l'âme n'est qu'un ensemble sophistiqué de réactions chimiques, d'étincelles, de gélatine électrifiée, de grésillements, de frissons à obsolescence programmée.

À un moment précis, *je* (mais qui est ce *je*?) suis même sorti (enfin, il me semble...) de mon corps bien charcuté pour m'observer depuis le plafond. Il y avait du sang partout. L'intérieur de ma poitrine ressemblait à l'étal d'une boucherie avec ici et là des touffes verdâtres à cause de la bile et de quelques organes colorés. Le Grand Ponte admirait la fermeté de ses gestes, faisait des entrechats de doigts experts, se complimentait à voix haute devant les assistants béats. Mon cœur était rouge tomate. Il trempait tout calme dans un bouillon dont les nuances ondoyantes faisaient de mes entrailles une sorte de drapeau espagnol noyé en pleine mer.

Souffrance, souffrance, souffrance.

À mon réveil, un supplice irréel. Une chignole vrillant mon plexus. Un rat oublié au-dedans. Un tortureur nazi du temps que ça ne plaisantait pas.

Je me souviens d'une phrase qui a éclaté comme un pétard dans ma tête dès que la douleur s'est pointée : « Il est aussi vain de demander pitié à son corps que de discourir devant une pieuvre. » Proust ? Mann père ou fils ? Leopardi ? Svevo ? Un connaisseur je suppose.

Avant, je faisais une grande consommation de ces phrases circulaires et profondes d'apparence. Je m'en servais pour avoir l'air réflexif, bien expérimenté sur les choses de la vie. Maintenant, je trouve ça clinquant. Plus envie de prendre la pose.

L'existence m'avait inexplicablement ménagé jusque-là. Aucune accointance avec la douleur ou la malchance, sinon par ouï-dire. Ces deux mauvaises fées accomplissaient leurs ravages à n'en pas douter mais je me sentais à l'abri derrière les hautes murailles d'une iniquité d'ensemble que j'accueillais non sans une certaine honte. J'étais attentif aux malheurs d'autrui, je combattais l'injustice, je compatissais de mon mieux, je pensais avec générosité, tandis que le sort dépêchait en douce un puissant protecteur à mon seul service. Cet état de chose me rendait chaque seconde plus délicieuse à vivre que la précédente. Or pour la première fois, quelqu'un était venu modifier les règles de ce jeu parfaitement béni et inique. Je souffrais.

Première dose de morphine.

J'ai tout de suite adoré cette substance céleste et brune.

J'ai accueilli avec gratitude son pouvoir de charitable liquéfaction.

La morphine, m'avait affirmé Sagan qui y avait goûté après son accident, c'est « le sang du diable ».

Elle n'y croyait pas spécialement au diable – « si tu crois au diable, disait-elle, tu es obligé de croire à Dieu puisque ces deux-là se partagent le boulot... Et si tu crois à Dieu, où est le problème ? » – mais sans doute n'avait-elle pas d'autre nom à sa disposition pour désigner le méchant absolu qui piétine, ravage, suce, corrompt...

Je suis dans la même situation. Je perds pied. Je sens que ce diable auquel je ne crois pas est proche. Il rôde. Tente. Séduit. Recrute. Une seule certitude : s'il se présente au pic de mon mal, ce diable bien diabolique et toujours acheteur d'âmes, s'il se présente avec son parchemin de damnation, et s'il me propose son contrat classique – « voilà, tu signes ici, je te refile un peu de mon sang opiacé pour éteindre ta douleur... Accepteras-tu, en échange, de me donner ton... », je signerai tout de suite.

Évidemment. Sans chichi. Trop content. Tout plutôt que la vrille et le rat nazi.

Jusque-là, je m'étais souvent demandé, comme tous les douillets : aurais-je su être un héros type Brossolette, Cavaillès ou Moulin, même du niveau en dessous, comme Paul Meurisse dans *L'Armée des ombres* – à qui je dois tant de frissons – si le sort m'avait jeté dans les griffes de l'occupant sadique ? Aurais-je pu, *ami entends-tu*, ne pas balancer les noms et les planques de mon réseau malgré les yeux crevés, les ongles arrachés, les genoux fracassés, les couilles broyées, les plantes de pied moulues au nerf de bœuf ? Eh bien, depuis qu'on m'a traité comme un coquelet en cisaillant mon thorax, j'ai la réponse : j'aurais tout avoué *illico*, avec les détails, à mes tortureurs indélicats. Tout. Tout de suite. Et le méchant tortureur de la Gestapo n'aurait même pas eu besoin de se salir les gants. L'expérience m'a instruit : suis prêt à trahir sur-le-champ, en échange d'une seringue de substance magique.

Je suis certain qu'un Archibaldo Montoya, fils de conquérant et conquérant lui-même, aurait serré les dents avant d'implorer la Vierge ou de cracher fièrement à la face des méchants.

Certain que Bernard, héros, fils de héros, âme intrépide, soutenu par l'idée qu'il se fait de lui-même, n'aurait lâché aucun nom, ni filé l'adresse d'aucune planque, puisque son blason doit étinceler dans les siècles des siècles.

M. Rachid lui-même, bien que chétif, se serait arrangé pour croquer la pilule de cyanure probablement incrustée on ne sait jamais dans son vaporisateur de ventoline ou dans l'une de ses jaunes molaires.

Moi, c'est différent.

Je dois être une petite nature. Un individu de fragile complexion. Un frileux de la vie qui a mal tourné. Un héros de cinq secondes.

À l'avenir, il me faudra avancer avec l'évidence de ma lâcheté.

Pendant qu'on me découpait avec *maestria*, Vita priait dans une église de Neuilly. Une dévotion à l'ancienne, totale, interminable, dramatiquement catholique. Avec abondante consommation de bougies, dons à la paroisse, confession, transports eucharistiques. Ce genre d'amour, si peu conforme à mon incroyance, m'oblige, me flatte – m'exciterait si je pouvais. Impossible auprès de cette femme d'en rester aux médiocrités passionnelles qui font loi dans les temps modernes. L'amour de Vita, le sien pour moi encore plus que le mien pour elle, a disqualifié la plupart des trafics sexuels sentimentaux dont je m'étais satisfait avant de la rencontrer. D'un autre côté, en l'imaginant pieusement recueillie, je m'interroge : n'est-il pas absurde de faire pression sur Dieu pour qu'il protège un bien-aimé puisque s'il existe, ce Dieu, c'est à sa Toute-Puissance qu'en bonne logique le bien-aimé en question doit ses tourments de valve et d'aorte ? Mais Vita est ainsi : elle veut toujours qu'il y ait, quelque part, un chef juste et sévère qui décide de tout, et auprès duquel elle aurait, elle, par indécent privilège, son traitement de faveur. Une sorte de parrain au bras long, impitoyable, mais tendre avec sa fille préférée. Aucune mystique dans cette affaire. Il y a eu, dans l'histoire des conciles et des Pères de l'Église, un grand nombre de conclusions, de théories, d'articles de foi, de sophismes, d'arguments, établissant que Dieu, ayant fait don aux hommes de leur liberté, n'était pas forcément responsable du Mal à l'œuvre sur terre. Vita a dû d'instinct s'approprier ces milliers de parlotes pour en faire son credo intime. Je trouve ça absurde et sexy.

Mon fils cadet (d'une deuxième épouse) s'est installé dans le café d'en face. C'est un rêveur. Je le devine mélancolique, fidèle, inquiet. Un vrai fils impatient de retrouver son papa voyageur. Hier encore, il me croyait invulnérable. Et, soudain, il a des doutes. Si je survis, je devrai accomplir quelques exploits sous ses yeux afin de retrouver mon statut héroïque. Ou alors me montrer tel que je suis, friable et mortel, afin qu'il puisse grandir en paix.

Ma fille devait déjeuner avec des copines avant d'aller à son cours de pilates mais elle a tout annulé à la dernière minute. Bien que son *coach* lui ait cent fois expliqué que l'anxiété et le stress oxydaient les articulations et creusaient la ride du lion, elle n'en a tenu aucun compte au nom de l'amour qui nous attache nativement l'un à l'autre. Elle a donc décidé, je ne l'ai su qu'après, de passer une matinée méditative au musée Rodin où nous nous sommes si souvent promenés en père fille très aimants. Elle s'est installée devant *La Porte de l'Enfer* en murmurant à qui de droit (encore le diable...) que jamais, jamais, son père si fermement aimé ne passerait cette porte réservée aux infâmes. Je sais qu'elle m'adore. Son adoration m'intrigue. S'adresse-t-elle à moi ? À l'idée que par chance elle se fait de moi ?

Bernard, lui, n'a pas cessé d'appeler tout le monde depuis Kaboul où il prépare une offensive anti-taliban avec le fils du commandant Massoud. Fort d'une longue expérience, il est convaincu qu'il n'est pas un seul problème, qu'il soit biologique, éthique ou stratégique, qui puisse résister à un coup de fil. Il s'agite. Ne tient pas en place. S'informe en temps réel de tout ce qui mijote dans ma poitrine charcutée. Se fait transmettre mes échographies par satellite. Il s'est déjà procuré les numéros de portable de l'anesthésiste, des infirmières, de Tom Hanks, du Grand Ponte. Il ne les lâchera pas. C'est sa façon de penser à moi. De m'expédier ses ondes d'énergie fraternelle.

Quant à Archi, il est en avion, quelque part entre Paris et Tokyo où il a rendez-vous avec un gros importateur de soja. En témoignage de fidélité amicale, voire de culpabilité (après tout, c'est son coup droit qui a tout déclenché), il s'est privé du beluga et du Cristal Roederer qui accompagnent son plateau-repas de *First Class*. À ses côtés, son grand amour-toujours de la saison ne sait pas très bien ce qui l'attend. Un week-end au bout du monde ? Le début d'une vraie romance ? Une histoire sans importance, comme elle en a déjà tant connu ? Elle accepte par avance n'importe quel scénario. Cet Archibaldo Montoya lui plaît. Parfois, elle s'imagine dans un *campo* de Patagonie où un puissant parfum de cuir, d'écurie, de tabac, flotte dans l'air austral.

Plusieurs dizaines d'amis et d'ennemis, informés de ma situation par le tam-tam urbain, ont envoyé des messages. Tout le monde m'aime, c'est officiel. Même ceux qui me détestent. D'anciennes maîtresses, fidèles à leur rancune, n'ont pas résisté aux mauvaises pensées qui circulent classiquement dans ces moments-là. Je ne leur en veux pas. Ça m'apprendra à ne pas savoir quitter une amante en lui donnant l'impression que je la chéris encore.

M. Rachid, lui, a dû faire sa promenade quotidienne dans les allées du Jardin des Plantes. Je le vois comme si j'y étais. Il jette quelques noisettes à un couple de lynx en cage. Il observe les carpes tachetées du grand bassin. Bavarde avec un chameau dont le museau l'attendrit depuis longtemps et lui rappelle le visage de M. Rachid-père. Par moments, il prie à voix basse et en dissimulant le mouvement de ses lèvres pieuses. Dans sa profession, Dieu existe à peine, mieux vaut ne pas avouer qu'on le fréquente en secret. Bien qu'il ne m'ait pas vu depuis plus de vingt ans, sa tristesse est grande à l'idée de me perdre. Il en a oublié ses crises d'asthme. Pour une fois, son vaporisateur de ventoline ne lui sert à rien. Il envisage d'en faire cadeau aux chimpanzés joueurs dont il se sent inexplicablement proche.

Dans son bureau de la rue des Saints-Pères, mon éditeur Olivier tourne en rond. Il annule ses rendez-vous. Passe quelques coups de téléphone à des critiques qui tardent à encenser le roman que je viens de publier et qui ne marche pas très fort. Bientôt, n'y tenant plus, il se décide à faire quelques pas sur le boulevard Saint-Germain en attendant que Vita lui dise que l'opération s'est bien passée. Si elle ne l'appelle pas, il sautera à tout hasard dans un taxi pour Neuilly. D'une manière générale, Olivier est pessimiste. Chez lui, pourtant si généreux, ce tempérament n'est contredit que par de rares bouffées d'espérance.

Reste mon fils aîné (d'une première épouse). Il a vingt-cinq ans de moins que moi et je me suis longtemps vu, reconnu, projeté, idéalisé, à travers lui, ce qui a dû lui être pénible à la longue si j'en juge par son tempérament querelleur. J'ai cependant du mal à imaginer ce qu'il a fait, pensé, ressenti, regretté, espéré, pendant qu'on rectifiait mon aorte. Était-il au courant ? Avait-il peur que j'y reste ? S'y était-il déjà résigné ? Regrettait-il le désolant portrait qu'il avait fait de moi dans son dernier *roman* ? Impossible de le savoir puisque nous ne nous parlons plus.

Depuis qu'on m'a cisaillé le thorax, j'ai l'accablante sensation qu'il n'y a plus de parapet entre le vide et moi. Dans ma tête, une panique nouvelle. Avec cette saveur de précarité qui embrume la vie qui me reste. Des souvenirs bons et mauvais, surtout mauvais, en profitent pour s'insinuer, tourbillonner, me harponner, me propulser vers des circonstances lointaines, me provoquer avec l'aplomb d'un maître-chanteur roué et exigeant son dû. Ces souvenirs m'imposent alors un face-à-face non désiré avec celui que j'étais et qui avait pourtant tout entrepris depuis une vingtaine d'années pour que ce passé trop aigre s'enfonce à jamais dans des chemins d'oubli. J'avais bouché ses terriers remplis à ras bord d'émotions périmées. J'avais verrouillé toutes les issues. Mais en réparant mon aorte, en manipulant mon cœur, le *maestro* a dû raviver involontairement ces pans d'autrefois que je croyais inertes. Ils ont repris de la vigueur sans prévenir, craignant sans doute que le néant m'avale avant qu'ils aient eu le temps de me retourmenter. Semblables à ces roses du désert qui, bien qu'asséchées d'apparence, s'épanouissent à nouveau dès qu'on y verse quelques gouttes d'eau, ces souvenirs se sont infiltrés dans le présent. Ils frétillent maintenant. Ils se rient de moi. Renaissent à leur guise. Ils ricochent sur un son, un frisson, une couleur, un mot.

Le Grand Ponte me rend parfois visite entre deux dîners en ville. J'aperçois, sous sa blouse verdâtre, des *slippers* vernis et un pantalon de smoking à bandes soyeuses. Il est pressé d'aller dîner mais il a vu ma photo dans *Le Figaro* et ça m'a surclassé dans sa considération.

— Alors vous êtes écrivain ? Ça, j'aurais pas cru... Ça m'impressionne les écrivains ! Parfois, je me dis que j'aurais pu essayer moi aussi... Avec tout ce que je sais sur le cœur et ses recoins, ça aurait pu faire de belles histoires... Enfin, c'est comme ça, on n'a qu'une vie, hein... Mais puisque vous êtes écrivain...

Il trépigne. Se balance d'un pied sur l'autre. Il a l'air gêné par ce qu'il va me demander.

— ... puisque vous êtes écrivain, vous devez...

Un long silence.

— ... oui, vous devez connaître...

Hésitation.

— … Heu, oui, vous connaissez sans doute…
— Qui donc ?
— … est-ce que vous connaissez Amélie Nothomb ?
— Oui… Un peu… De loin…
— Vous pourriez me la présenter ? Voyez-vous, je l'admire beaucoup… Je n'ai jamais lu ses livres, mais je sens qu'elle pourrait être mon artiste préférée… À la télé, c'est une femme très distinguée ! J'adore ses lèvres violettes, son côté vampire, ses petits accroche-cœurs bien plaqués sur son front de poupée… Parfois, je m'inquiète de sa mauvaise mine, son air japonais vous comprenez, c'est sûrement un problème de circulation, elle devrait consulter… Mais son humour, son sens de la repartie, ses vêtements si bien choisis, son chapeau de sorcière… On devine tout de suite que c'est une sacrée pointure… Vous lui direz si vous la voyez… Promis ?

Il tâte mon pouls en regardant sa montre. Il a encore quelque chose d'important à me dire, ça se sent. D'infimes crispations, presque des tics, froissent ses joues toutes les six secondes. Des mauvaises nouvelles ? Des complications ? De la plomberie ? Je vois, à l'horizon, un supplément de douleur, de charcutage, d'exploration sanglante – avec la mort au bout, qui sait ?
— … j'ai appris que vous veniez de publier un roman, lâche-t-il enfin à voix basse. C'est épatant, ça ! Une histoire pornographique si j'ai bien compris… Une de mes chères amies a adoré… Elle m'a tout résumé… Dites donc, c'est chaud bouillant dans votre tête…

Partouze et compagnie, à ce qu'elle m'a dit... En général, quand je vois le cœur d'un individu, quand je le mets à nu, je sais tout de suite à quel bonhomme j'ai affaire... Je pourrais vous dire de chic si j'opère un banquier, un notaire, un pilote d'avion, un mahométan, une vieille fille, un prêtre... Mieux encore : je vois tout de suite si mon client a eu un chagrin récent, une peine d'amour, un problème d'ego... Parce que le cœur, vous savez, ça se dérègle avec les sentiments... D'ailleurs, c'était le thème de ma conférence annuelle au Jockey... J'avais intitulé ça : « L'incidence des émotions sur les complications cardiaques »... Énorme succès ! Tout le monde a son anecdote à raconter sur ce thème... Or, avec votre cœur, j'ai rien vu... Nada ! C'était un cœur de père tranquille, un peu cartonneux certes, mais pas du tout chaud lapin... Vous cachez votre jeu, dites donc... Faudra m'expliquer ça, hein... Alors, ce roman ?

Aucune envie de lui parler de mon roman.

Ni de mon existence en général.

Et surtout pas de mon *cœur brisé*.

Mais il vient de me sauver la vie et reste le seul humain (avec quelques femmes, mais dans un sens plus métaphorique...) qui ait jamais tenu mon cœur entre ses mains.

— ... on m'a dit que votre bouquin portait un titre coquin, ajoute-t-il... *Blanche*, je crois... Elle existe, cette Blanche ? C'est ma chère amie qui aimerait savoir... Il paraît qu'elle vous a fait des trucs incroyables... Ça m'intéresse beaucoup...

Il hésite, se racle encore la gorge, éponge son front, se lance :

— … pour tout vous dire, cette chère amie – vous avez compris, n'est-ce pas, qu'elle a une certaine importance dans ma vie… – me charge de vous avouer que si vous vous amusez toujours dans les… enfin vous voyez à quoi je fais allusion… dans ce genre de *party* particulièrement *hot* que vous décrivez paraît-il très bien, si ça se passe comme vous dites, avec des gens beaux, jeunes et propres, ça nous intéresse… Vous me tenez au courant ? Pas un mot, bien sûr… Tout ça reste entre nous… Inutile de vous faire un dessin…

Devant mon silence, le Grand Ponte se demande s'il n'a pas été trop loin. Il a la mine contrariée d'un homme qui regrette d'avoir dit ce qu'il voulait dire.

— … je compte sur vous, bredouille-t-il… C'est mon amie qui a insisté pour que je vous en touche un mot, vous savez ce que c'est avec les femmes… Bon, je vous fais confiance… La preuve, je vais vous apprendre un truc que je préfère cacher à mes opérés…

Son front se plisse. Il retâte mon pouls. Redevient sérieux. Très sérieux.

— Ça a duré 155 minutes, dit-il d'une voix blanche.

— 155 minutes ?

— Oui, c'est le chiffre exact… Consigné dans le rapport… C'est mon record…

— Le chiffre de quoi ?

— Vous êtes sûr ?
— Sûr de quoi ?
— Sûr de vouloir le savoir…

Il jouit de ce qu'il va me révéler. Il s'en pourlèche. Le *Paganini del cuore* bichonne ses effets. Il les poudre. Les réchauffe dans sa gorge. Il veut frapper un grand coup et épater la galerie comme au Jockey ou devant ses maîtresses-trophées au moment de l'estocade.

— Eh bien, c'est le nombre de minutes pendant lequel votre cœur a cessé de battre…

— Vous voulez dire…

— 155 minutes, c'est pas rien, croyez-moi… Je vous le précise à tout hasard… Vous verrez, ça change pas mal de choses de savoir ça… Il y a des gens qui se mettent à croire en Dieu, à la Résurrection du Christ, à l'Immaculée Conception… D'autres deviennent athées… Ou bouddhistes… Ou végétariens… J'en ai même connu qui, après cet aller-retour dans l'au-delà, ne savent plus qui ils sont…

Je vois soudain mon cœur tomate visqueux et immobile pendant 155 minutes. Lui qui bat depuis sa première étincelle d'existence. Dont le ressort est remonté pour durer non-stop jusqu'à ma mort. Aucune contraction pendant près de trois heures sur la distance d'une vie. On l'avait programmé pour le terminus définitif. Pas pour cette mort provisoire. Le Grand Ponte a raison : ce genre d'information, ça déclenche des stupéfactions mentales, des mouvements au plus profond. Je convoque mentalement Lazare, le Bardo, Ulysse revenant des Enfers, Pétrarque trépassé qui se réveille dans sa tombe.

Où étais-je pendant ces 155 minutes ? Dans quel néant ? Dans quel monde parallèle ? Étais-je vivant ou mort ? Et, si mort, cela signifie-t-il que je suis désormais dans une autre vie ? Que la *second life* existe ? Dans ce cas, les chrétiens n'auraient pas tort sur toute la ligne… Difficile à croire tout de même… Mais si c'est le cas, bon sang, ça change pas mal de choses.

— Vous n'étiez *nulle part*, mon vieux, précise le *maestro*… Ni vivant, ni mort… Ou plutôt les deux à la fois… Vous étiez juste entre mes mains…

Il me montre ses mains. Elles sont belles, longues, manucurées avec coquetterie. Ses mains qui doivent branloter ses maîtresses, le torcher, curer ses narines, signer des chèques pour ses enfants ou son épouse à qui il faut bien témoigner des petites préférences occasionnelles, ces mains-là ont cajolé mon cœur immobile – et décidé de ma vie.

Il se ressaisit, martial :

— Eh oui, vous étiez *vivant-mort*…

J'entends les italiques et le trait d'union dans sa voix.

Un double son qui siffle, qui gémit, très différent du son pompeux et officiel des guillemets.

— … et vous pouvez être fier parce que ça n'arrive pas à tout le monde d'être *vivant-mort* pendant quelques heures…

Il me regarde avec une soudaine tendresse.

— … je précise que votre cœur est toujours resté à sa place… Ça m'a paru préférable… J'aurais pu le mettre ailleurs, pour me faciliter les choses, dans un petit bocal à côté, bien irrigué et tout, mais ça aurait changé votre… enfin, ça vous aurait changé en profondeur… Et je n'ai pas voulu vous faire une mauvaise surprise… Par respect pour la littérature… Ah, si vous n'aviez pas été écrivain, j'y aurais été carrément… Avec votre voisin, l'Acteur Célèbre, je ne me suis pas gêné, normal, le cinéma, c'est quand même moins important que la littérature… Bon vous aurez le temps de réfléchir à tout ça… Amélie Nothomb, hein, n'oubliez pas…

Il a tourné les talons.

Il s'est retourné encore une fois, juste avant de refermer la porte de ma chambre :

— Pour ce qui intéresse ma chère amie, la *party* un peu osée, vous me tenez au courant… Bien sûr quand vous serez rétabli… Eh, faudrait pas s'y remettre tout de suite !

Mauvais réveil. Sang du diable. Ma tête déborde. Pleine d'un passé qui s'enhardit.

Le premier souvenir maître-chanteur s'est lentement approché de moi. Il a du charme. Une allure de printemps. Des oiseaux gazouillent dans ses parages.

C'est aussi un massif bourdonnant et rempli de désarrois anciens. Il avance tout seul comme la forêt dans *Macbeth*. Il veut, je le devine, m'obliger à revivre ce que j'avais sagement remisé dans un coin peu fréquenté de moi-même.

« Souvenir, souvenir, que me veux-tu ? »

Il n'est pas impossible que ledit souvenir, tout à sa certitude de m'intriguer, ait répondu :

— Tu le sauras bien assez tôt…

Je me laisse faire.

Lâcher prise.

Devant moi, dans ce souvenir, une fille splendide et sauvage.

Elle émet des vibrations qui tordent l'air, le raréfient, le font grésiller avec le bruit des photophores où les insectes d'été viennent se consumer. Elle est brûlante. À son contact tout se transforme en buée.

Cette fille, c'est Violante. La Violante de ce temps-là.

— Ça te rappelle quelque chose ? me murmure le souvenir maître-chanteur.

Il profite de ma tête emplie de vapeur, de ma poitrine affligée, pour me parler comme dans les contes d'enfant où des créatures irréelles, des fleurs, des elfes, des faons gracieux, s'adressent magiquement à celui qu'il faut guider vers la maison où patiente une princesse.

Le maître-chanteur insiste. Personne ne l'entend car il émet des sons qui atteignent seulement l'ouïe de ceux qu'ils ont choisi de hanter.

— Oh oui, ai-je le courage de répondre, ça me rappelle beaucoup de choses, mais j'aimerais mieux ne plus y penser… À quoi bon me traîner dans ce coin-là ?

On me fait aussitôt comprendre que je n'ai pas le droit de me dérober.

— Attends, tu vas voir…

C'est à partir de là que tout s'est déroulé comme sur une tapisserie héroïque dont les motifs racontent une saison importante de ma vie.

Violante, je l'avais rencontrée au *Plaza*, dans le petit salon où Archi, dont je venais de faire la connaissance, donnait voici plus de vingt ans un déjeuner avant son départ d'automne vers Buenos Aires. Il y avait rassemblé des amis et des créatures hors de prix afin de présenter les uns aux autres et d'asseoir solidement sa réputation de *playboy* jouisseur et expert en belles personnes. On y croisait des filles diversement farouches. Des femmes du monde. Des *husband diggers* du demi-monde. Quelques *escorts* de luxe défrayées par avance. Pour faire vite, je préciserai sans en être certain que Violante appartenait à cette dernière catégorie.

Elle avait un visage diaphane et sans pitié, en contradiction flagrante avec lui-même. Son regard malin laissait entrevoir une cruauté aussitôt démentie par une grâce d'ensemble et l'extrême pureté de ses lèvres. À se demander pourquoi Dieu, s'il s'agit de lui, s'amuse ainsi à brouiller les pistes. Une femme démon avec des manières d'ange. J'ai compris ça tout de suite – donc trop tard. Or c'est à cette fille d'âme si peu louable, si peu portée aux grands emballements, si peu apte à l'émotion d'envergure, que tout mon être impatient s'attache. À qui je vais devoir la découverte de la passion, des hautes ivresses, de la servitude volontaire, de l'excitation sans pareille, des abîmes qui vont avec.

— Moi, c'est Violante, m'avait-elle dit, accoudée à la fenêtre qui s'ouvrait sur une terrasse fleurie... Violante à l'italienne, avec un « a »... c'est plus doux, non ? Il faut toujours mettre une dose d'Italie dans l'existence...

Elle avait la moue aguicheuse d'une fille qui sait y faire. Et une voix entre deux tons, frémissante d'inflexions en provenance de plusieurs zones sociales. Comme si quelques autres en elle – des voyous, des snobs, des petits malins, des riches depuis toujours... – avaient, ensemble, emprunté ses cordes vocales pour parler à sa place. J'avais alors eu l'impression que cette voix venait d'ailleurs et qu'avant de me percuter, elle avait traîné ici et là, dans les mauvais endroits, dans les nuits, dans les palaces. Elle avait dû, cette voix, se salir en chemin à force de charrier des flots de phrases peu honorables ni bien éduquées, avant de s'habituer aux paroles plus huppées. Mais elle n'avait pas tort : Violante, avec un « a », c'était mieux, plus doux. J'avais acquiescé en hochant la tête et en y ajoutant un sourire dévitalisé.

Sur le moment, j'avais quand même pensé que cette fille rendait un son qui ne lui ressemblait pas. Un son trop cossu pour elle, trop maquillé. Puis je m'étais ravisé : depuis quand devrait-on faire le bruit de ce qu'on est ? Moi, par exemple, j'avais, vingt ans plus tôt, la voix d'un homme à qui on ne la fait pas, un homme froid, raisonnable, sec, sûr de lui – or, je n'étais déjà rien de tout ça. Le plus fort, c'est que la voix de cette Violante, dès son premier crépitement, m'avait sérieusement impressionné, et j'en avais redemandé. J'étais devenu serpent devant la flûte aigrelette du charmeur. Une drogue sonore. Une magie. J'avais même cru y percevoir, dans cette voix, dans ses inflexions musicales, une couleur inattendue de la vie et de la liberté. Quelque chose qui aurait été dès l'origine enchâssé dans du désir et du contretemps. Si j'avais osé, je l'aurais suppliée sur-le-champ de prononcer encore quelques mots, n'importe lesquels, juste pour le plaisir de mes oreilles – et pour que ce plaisir parvienne jusqu'à mon esprit. D'ailleurs, celui-ci avait déjà admis, bien avant moi si je puis dire, que cette fille à peine aperçue, par ses seules aptitudes vocales, et malgré son regard malin, était en train de me manipuler comme un pantin.

Quant à son beau prénom alangui, je dois reconnaître, ça lui allait divinement. Elle semblait s'y être installée comme dans une forteresse. C'était son armure souple. Sans la moindre faille. Sans interstice, ni angle d'attaque, ni petite béance par où s'insinuer. Je m'étais dit qu'une fille de cette sorte, même sans parure ni colifichet, devait se savoir invulnérable à l'intérieur d'un prénom pareil. Avait-elle senti que moi j'y avais tout de suite accroché pas mal de choses à ce prénom ? Que j'y avais même entrevu un mélange de lenteur, de jaune, de rouge, de feu ? Un assemblage que ma rêverie avait associé à un coucher de soleil, à des parfums de vanille, à des palmiers ondulant au bord de l'eau ?

Il y a tout de même une vraie question que je me pose après coup : pourquoi, à ce moment précis de mon existence, avais-je eu envie de rendre les armes, sans me battre, devant une créature qui ne cachait même pas son intention de me démanteler ?

Tom Hanks est à mon chevet. Il me surveille. Pianote sur le clavier de son ordinateur dont l'écran l'éclaire en retour d'une lueur de néon. Il est peut-être trois heures du matin. L'heure du désespoir. Ma douleur se réveille, m'arrache quelques gémissements. Tom s'interrompt. S'assure que ma tension et mon pouls n'annoncent aucun drame. Il m'offre une dose de morphine. Sans doute pour avoir la paix.

— Vous y avez droit…

Air de dire : je sais, c'est bon, mais faudrait pas trop s'habituer…

— … avec ça, ajoute-t-il à voix basse, vous devriez faire de beaux rêves…

Puis, apercevant dans la pénombre mes yeux ouverts :

— … je suis dans votre chambre par hasard… Impossible de dormir… Avec l'Acteur d'à côté qui hurle toutes les dix minutes… Alors, je me suis dit pourquoi ne pas en profiter pour rendre une petite visite à monsieur l'Enthousiaste… Vous vous souvenez ? C'était votre nom du premier jour…

Je *vois* chacun de ses mots. Très distinctement. Je les *vois* plus que je ne les entends. Comme si la vue, en moi, remplaçait l'ouïe. Ses mots sont ronds, sagement disposés en petits tas blafards.

— … je suis en train d'écrire, poursuit-il. Ça me détend… Je note les événements de la journée… Des petits riens… Des impressions… À la fin, ça donnera peut-être un bon bouquin, qui sait, vous me direz, c'est vous le professionnel à ce qu'il paraît… Il y a tellement d'histoires par ici… Tenez, si on rassemblait toutes les histoires d'une seule nuit dans ce couloir ça serait déjà pas croyable… La vie, la douleur, la mort qui se promène, la vie qui s'accroche à des fragilités, à des brins d'herbe… Vous voyez, ça me rend lyrique…

J'ai de la sympathie pour ce garçon. Il ne doit pas être spécialement virtuose, ne sera jamais un *Paganini del cuore* comme le Grand Ponte, mais il a de la conscience et veut le bien du genre humain. Saura-t-il jamais que je l'appelle Tom Hanks ?

— … vous avez une bonne tête, reprend-il, c'est plutôt rare après huit heures sur le billard… C'est sûrement à cause de vos rêves… Je dis toujours, pour calmer les opérés, pour les relancer vers la vie, il faut les brancher sur leurs rêves… Pas vrai ? Les rêves, ça nettoie l'âme… L'Acteur d'à côté, ses rêves, ça doit pas être tout rose, il suffit de l'entendre… Si les rêves ne le calment pas, croyez-moi, faudra s'inquiéter…

Si j'avais eu la force d'articuler quelques sons, je lui aurais répondu que mon problème avec les rêves, avec mes rêves, c'est qu'ils se mélangent trop aux souvenirs. Surtout quand le sang du diable les attise et les jette sens dessus dessous dans la lanterne magique du passé-présent.

Maintenant, dans ma nuit, ils passent et repassent comme les figurines d'un manège.

Pourquoi m'obligent-ils à ressusciter cette Violante qui n'existe plus pour moi ?

Je vais bientôt le savoir.

Cette fois, le rêve-souvenir me jette aux pieds d'une basilique. Très belle. Je ne l'identifie pas tout de suite, elle est massive, lourde, posée sur un plateau qui domine une plaine verdoyante. À l'entour, un paysage immobile, d'opulentes vignes, des nappes de spiritualité suspendues à un ciel où le vent de midi pousse mollement des nuages pommelés.

Mes perceptions se précisent. Je reconnais Vézelay. Une petite ville mystique où j'avais fait une halte avec Violante en allant vers le Sud. Je vois la colline sacrée, les pierres grises et sereines, les remparts cimentés par des siècles de piété. Des images d'abord pacifiques et bienveillantes remontent à la surface. Mes impressions rose des sables reprennent vie dès que j'y verse une goutte de mémoire. Ce sont des déjà-vu. Des déjà-vécu. Un vieux film intéressant. J'avance à l'aveugle. Court-circuit.

En arrivant sur la terrasse de ce restaurant ombragé, Violante et moi en sommes déjà à la fin d'une liaison toxique qui n'aura duré que quelques mois.

Dès le départ, j'avais compris qu'elle était le type même de créature avec qui on décide de faire équipe quand on a envie de prendre des cours particuliers d'humiliation, de trahison, d'abandon – ce qui était alors ma tentation la plus fréquente.

Je l'avais compris mais ça n'avait rien changé. J'ai foncé. Sans ignorer que cette fille avait une âme calculeuse. Qu'elle était très vile. Sans cesse disposée à se vendre à plus offrant, avec des manœuvres enjouées de trafiquante. La moitié de son être était mauvaise. L'autre était irrésistible.

Il ne lui a pas fallu beaucoup de temps pour deviner que j'étais un bon client, un soumis volontaire, un amateur de ses dons de cruauté. Elle m'a aussitôt capturé sans prendre la peine de le vouloir vraiment. Pour ne rien arranger, je l'ai adorée sur-le-champ. Sans raison décente. De cette adoration pourrie qui lie le bourreau à sa victime aimante. Cette Violante aurait pu en claquant des doigts me faire danser nu sur un tonneau. Mais je m'étais épris comme on se jette dans un brasier. Tout le monde, Archi le premier, m'expliquait qu'on ne doit pas s'enflammer pour des filles pareilles. Mais c'était plus fort que moi. J'avais besoin de souffrir. Je ne savais même pas qu'on pouvait avoir ce genre de besoin. Et Violante s'y connaissait dans l'art des supplices.

Ce jour-là, nous avions quitté Paris écrasé de chaleur. Roulé sur les routes ténébreuses du Morvan. Parlé avec la tendresse lasse de deux amants qui, se sachant à l'épilogue, veulent encore partager un reliquat d'émotions avant de solder les comptes.

En chemin, elle me chantait le *Summertime* de Gershwin, si ample, avec ses lamentations d'esclaves (« *and the cotton is high…* »), qui me donnait une impression d'espace et de recommencement.

Car cette fille avait aussi de la douceur.

Mes résolutions de la fuir au plus vite avaient pris l'habitude de mourir à ses pieds.

Nous nous étions arrêtés à Vézelay pour déjeuner. Violante m'avait interrogé sur Marie-Madeleine, la sainte locale, la courtisane de grand standing qui avait fait friser l'œil du Christ. Nous nous étions installés sur la terrasse de ce restaurant dont les nappes violettes, les parasols couleur lavande et le maître d'hôtel amidonné avaient fait le décor de notre dernier instant de paix. Dans l'œil de Violante brillait l'éclat mauvais qui chez elle signalait l'imminence d'un aveu, d'une décision.

Violante a faim. Terriblement. On lui sert un coquelet, elle le dévore aussitôt. Elle plante sa fourchette dans le poitrail dodu de l'animal. Son couteau tranche des chairs blanches pleines de jus, écarte des petits os, divise l'ensemble du volatile bien rôti. Elle triture, suce les cartilages, y met bientôt ses doigts, elle est si désireuse de me faire honte par ses inélégantes manières… Elle est sans pitié avec son volatile déchiqueté. Elle m'exhibe, *in vivo*, sa vraie nature de terrible dévoreuse mal éduquée. C'est puissant. Tout s'offre aux lèvres de Violante. À ses dents.

— Tu sais, me dit-elle, j'aurais pu te dévorer comme ce coquelet… J'aurais pu t'ouvrir la poitrine, t'arracher le cœur… Et en plus ça ne t'aurait pas déplu…

Je commence à comprendre.

Le souvenir maître-chanteur m'a expédié dans le temps, jusqu'à Vézelay, pour que j'entende Violante me parler de poitrail tranché, de chairs déchirées…

Il voulait repêcher dans mon passé la circonstance au cours de laquelle on m'avait déjà arraché le cœur – tout en me rappelant que ce supplice ne m'avait pas déplu.

— Pourquoi m'as-tu épargné ? lui ai-je finalement demandé.

— Parce que j'ai malgré tout de la sympathie pour toi… Parce que c'était trop facile de te détruire… Parce que je n'avais même pas besoin de te faire du mal… J'ai compris tout de suite ce que tu voulais… Tu le comprendras à ton tour si tu veux bien redevenir intelligent. Il n'est pas impossible que je sois, que j'aie été, ta dernière *niña mala* comme dirait Archi… Je te rends un grand service… C'est un cadeau d'adieu…

— D'adieu ?

— Parce que je te quitte… Dans quinze minutes tu vas m'appeler un taxi, et je retournerai seule où j'ai envie d'aller… J'ai pris cette décision juste avant de m'attabler sur la terrasse de ce restaurant…

— Mais non… Pas comme ça… Pas maintenant… Je ne veux pas te perdre…

— Allez, va, tu n'as pas le choix… Ou tu me perds, ou tu te perds… Un jour, peut-être, je reviendrai… Après *una grande passeggiata* à travers le monde… Là, maintenant, j'ai besoin de voyager, de changer d'air…

Et toi, tu ferais bien d'en finir avec les mauvaises filles comme moi…

Je l'avais alors suppliée de ne pas me quitter. J'avais pleuré. Je voulais souffrir encore et encore. J'étais pathétique. Assigné au point le plus bas de mon existence. Je n'avais même pas honte. Je voulais seulement que ma soumission se prolonge. Que Violante ravage vraiment ma vie. Il me fallait un ravage définitif.

Elle avait pris la carcasse du coquelet, y avait planté ses quenottes.

Elle avait un regard avide et perdu.

Le maître d'hôtel était surpris par le comportement si ordinaire de cette cliente qu'il avait prise pour une grande dame.

Quand son taxi s'est finalement éloigné, j'étais certain que je ne m'en remettrais jamais – alors que Violante, en m'abandonnant, venait de me sauver la vie. À l'époque, ça avait été rude et je m'en étais sorti avec l'aide de M. Rachid – qui n'avait pourtant qu'une expérience théorique du chagrin d'amour. J'en avais ensuite tiré un roman qui s'intitulait *Aurore* – comme *Horror* – et, le succès aidant, je m'étais lancé dans une carrière d'écrivain ami-ennemi des femmes. En devenant malgré moi le proxénète de ma douleur, j'avais fait, en gros, ce qu'il convient de faire dans ces cas-là.

J'avais souvent entendu mon père déplorer que tel ou tel de ses amis se laisse incendier par ce genre de fille. Un homme, disait-il, ça ne capitule pas, surtout par amour. Il préférait les idylles d'un soir dans les *dancings* qu'il fréquentait sur la route de la corniche, elles lui semblaient plus saines et plus conformes à son idéal de virilité sereine. Ma mère, plus romantique, tentait chaque fois de le raisonner, de le déraisonner, en lui expliquant que la passion a aussi des droits, et qu'il peut être délicieux d'abdiquer, de se soumettre, de choisir son bourreau. Elle lui parlait de Proust, de Swann, d'Albertine, que mon père devait confondre avec des notables des environs auxquels il ne souhaitait guère être présenté. J'entendais leurs conversations dans les chaudes soirées d'outremer. Leurs mots me parvenaient à travers l'effluve des jasmins de nuit qui tapissaient nos balcons. Qu'auraient-ils pensé l'un et l'autre en me voyant au *Plaza* ou à Vézelay, un demi-siècle plus tard, si prompt à réclamer ma part de servitude ? Ma mère, je crois, aurait souri, tout en comprenant ma tentation. Mon père aurait été mécontent et moqueur. D'une manière générale, il n'aimait pas les hommes soumis, même ceux qui lui obéissaient. Il préférait les rebelles, les insolents, les terroristes, quitte à les malmener ou pire si l'occasion se présentait.

Les grognements de l'Acteur traversent la mince cloison qui nous sépare. Il souffre lui aussi. Il jure. Insulte. Râle comme une bête prise au piège. Parfois, il agonise à voix haute. Il répète : « Je n'en peux plus ! Je vais crever... » avec des variantes. Hier : « Au secours ! Au secours ! À l'aide ! Vous êtes tous des ordures... » Ce matin : « Prévenez Molière ! Tout de suite ! Et Sacha Guitry... Et tous les types honnêtes à qui j'ai prêté ma voix, mon talent... Dites-leur que je les attends... Eux, au moins, ils sont grands, ils savent qui je suis... »

Parfois, l'infirmière qui s'occupe de lui me fait des confidences :

— Je n'en peux plus... Il m'appelle sans cesse et, dès que j'entre dans sa chambre, il m'accueille avec des horreurs... Tout à l'heure, il m'a déclaré : « Espèce de salope, montre-moi tes nichons... » Vous trouvez que c'est normal, ce genre de choses ? C'est un grand monsieur, d'accord, mais quand même... Et puis, hier, c'était pas mieux, il m'a montré un doigt et m'a dit : « Je vais le mettre dans ton minou, après il sentira la pomme... » Je vous jure, il est fou... Si j'avais su, je n'aurais jamais demandé à lui faire des soins...

Je fais semblant de m'endormir tout en l'observant à travers mes yeux mi-clos. Elle caresse mon front. Prend un mouchoir de papier. Étouffe un sanglot. Se remaquille devant le miroir de ma salle de bain. Il n'est pas impossible, après tout, que l'Acteur Célèbre ait trouvé le moyen de lui faire battre le cœur.

Le combat de préséance se poursuit entre rêves et souvenirs. Ils se mélangent, s'enlacent, deviennent chimères avec tête de rêve et corps de souvenir, ce sont des centaures, des monstres, des formes reptiliennes en trois dimensions et tapies au fond d'un moi-même inconnu. Ce coquelet, par exemple, dans lequel Violante plante ses quenottes cruelles, appartient-il à la réalité d'un instant passé ou ai-je aménagé rétrospectivement cette circonstance d'autrefois pour qu'elle serve d'écrin à mon thorax cisaillé d'aujourd'hui ? Impossible de savoir. Je prendrai les choses une à une. Comme elles viennent.

La nuit suivante, précisément, un rêve drolatique et absurde. Un alliage de cent bribes de vie, de soucis, de fidélité, avec aucun pourcentage de souvenir en lui. Fantaisiste, il me propulse vers le tennis club de la porte Maillot, parmi des gens enveloppés dans des tenues extravagantes tout en volants, dentelles, pantalons de jersey blanc. Les femmes ressemblent à des orchidées, les hommes à des marionnettes. J'y ai réservé un court pour faire une partie avec Marcel Proust qui, arrivant en retard, m'explique : « J'ai une raquette, bien sûr, qu'il ne faut pas confondre avec une jaquette, mais pour moi c'est surtout une mandoline... »

Réponse immédiate du rêveur :

— Je connais votre mandoline, cher Marcel... J'ai même une photo où l'on vous voit ici même entouré de jeunes filles en train de prendre la pose d'un guitariste de flamenco avec cette raquette qui, en effet, ne saurait être confondue avec une jaquette... Cette photo, sachez-le, sera épinglée au-dessus de mon bureau dans une centaine d'années... Ce sera, de ma part, l'infime tribut qui revient de droit à votre immarcescible gloire...

Marcel est très content. De sa main gantée et mobile comme un éventail, il cache aussitôt le petit sourire mondain qui exprime sa satisfaction. Il me remercie. Me demande des nouvelles de ma mère dont il n'ignore pas – qui le lui a appris ? – qu'elle se prénomme Gilberte. Je lui fais observer, au passage, qu'il a les mêmes initiales que Modiano Patrick mais il ne connaît pas cet écrivain.

— Je serais ravi de faire sa connaissance... Venez donc me voir avec lui un de ces soirs... Je suis au 102 boulevard Haussmann... Je reçois souvent entre deux et trois heures du matin, à « l'heure du désespoir »... Je me permets de vous emprunter cette expression que je viens de cueillir dans l'un de vos souvenirs car je la trouve très pertinente et admirablement fidèle au tumulte silencieux qui prend le cœur et l'enveloppe d'une brume que la jeune Anna de Noailles, encore Brancovan, n'hésiterait pas à comparer à la soie d'un dirigeable ou à un peignoir peint par Boldini… Vous ne m'en voudrez pas, je l'espère, d'avoir visité votre mémoire sans y avoir été expressément invité, mais dès que j'aperçois une

mémoire, c'est plus fort que moi, j'ai besoin d'aller y voir... Ne doutez pas en tout cas de mon impatience à rencontrer ce jeune Patrick... Au fait, est-il jeune ?

La fin du rêve est confuse.

J'en retiens surtout une impression d'apaisement et de sérénité estivale.

Recevoir la visite de Marcel au sortir de ma mort provisoire était un privilège. J'ai été heureux de vérifier que mon héros ressemblait en tous points, pour l'œil et l'oreille, à l'individu que j'ai toujours imaginé.

Je suis heureux, aussi, qu'il connaisse le prénom de ma mère.

Rien ne m'interdit de supposer qu'ils se fréquentent désormais.

Bientôt, le temps n'existe plus.

Ni nuit, ni jour.

Le monde réel se dissout dans un clair-obscur zébré de petites stridences.

Vita seule a le droit de venir dans ma chambre. Elle entre en silence. Son parfum disperse les odeurs d'éther et de maladie. Elle prend ma main, y dépose un baiser, affecte de ne pas remarquer mon regard éteint. Elle porte en mon honneur des robes terriblement fendues qui à chaque visite me renvoient vers des hypothèses érotiques peu sollicitées depuis mon opération. Ses chevilles, sa peau lumineuse, sa façon de dire « vous êtes aimables… » aux infirmières qui s'affairent autour de mon lit sont parfaites. Nous parlons peu. Dans ses yeux qui transpercent l'espace lourd je lis seulement le refus de me perdre. Et ce refus est une transfusion de vie. Vita ou l'antipode de Violante. Le moi qui aimait l'une est l'antipode de celui que je suis désormais en aimant l'autre. J'ai peur toujours de prononcer le mot ou d'oser le geste qui mettrait en péril l'harmonie dont Vita m'enveloppe. Je suis prudent. Son amour me déconcerte. J'ai l'impression qu'il s'adresse à un individu que je ne suis pas. Je sais que les miracles toujours ne tiennent qu'à un fil. En attendant, dès que je la vois, je n'ai pas envie de mourir. Pas tout de suite.

Je me souviens de son apparition, quelques années plus tôt, dans le restaurant où je déjeunais avec Archi.

Je tournais le dos à la salle, de telle sorte que je n'avais pas vu arriver la femme qui se dirigeait vers la table où on l'attendait.

C'est le visage d'Archi qui m'avait soudain alerté :

— Derrière toi… *Una mujer divina*…

Des miroirs me faisaient face, j'y aperçus indirectement la créature qui faisait si grande impression sur mon ami.

Des hauts talons. Des vêtements d'une sophistication déplacée dans cette journée ordinaire. Une manière bienveillante de surplomber les gens.

Mes yeux se fixèrent dans l'image reflétée des siens.

Des yeux coquille d'huître.

Au-delà desquels, vers la zone la plus proche de son être secret, j'avais eu le temps et l'illusion d'apercevoir la montre à complications de quelques désirs.

Double regard intense, immédiatement charnel.

Cela dura peut-être une minute. Ou une longue seconde…

J'avais pensé, pendant ce regard, à la scène de *Vacances romaines*, quand Audrey Hepburn et Gregory Peck se regardent longtemps, très longtemps, sous l'œil affolé des ministres, des chambellans, des paparazzi.

Magie de cet instant.

Le plus long instant de ma vie.

Pour la seconde fois de mon existence, j'étais avalé par une femme-promesse.

Pour la seconde fois, j'étais incendié par une créature dont je ne savais rien.

Ni son nom. Ni ses amants. Ni son bilan moral. Je ne savais rien.

Le vrai génie de Vita fut ensuite d'interdire à l'incendie de ce premier instant de s'éteindre à mesure que nous apprenions à nous connaître. Aucune femme, jamais, n'entreprit de me plaire avec cette constance.

Pourquoi moi ? Pourquoi à ce moment de ma vie ?

Nul ne sait jamais vraiment pourquoi il est élu et aimé.

Je m'étais trouvé au bon endroit, au bon moment.

Un jour plus tôt, un jour plus tard, nos imaginations se seraient lancées dans d'autres directions. Il fallait que ce fût ce jour-là. Ce moment-là.

Par la suite, Vita me dira qu'elle avait *vu* mon visage, très précisément, avant d'en croiser le reflet.

Il avait surgi dans son esprit, par mystère, alors qu'elle franchissait la porte à tambour du restaurant, et qu'il lui était encore impossible de savoir qu'elle allait me rencontrer.

Ce point est essentiel : Vita m'a vu *avant de me voir.*

Tout cela a existé.

Pour ma pensée magique qui ne se refuse rien depuis que le *maestro* a réparé mon cœur, cet épisode reste la seule preuve recevable de l'existence des anges.

Vita croit même que de telles visions prouvent une fois pour toutes l'existence de leur supérieur hiérarchique, ce parrain impitoyable au bras long dont elle serait la fille préférée.

Je la laisse croire.

La deuxième ou troisième nuit, on double ma dose de morphine. Une goutte de plus et je bascule dans la zone dangereuse.

La réalité, déjà fluide et hypothétique, se vaporise infiniment. Mélancolie extrême, glacée, résignée. Face-à-face avec ce qu'il reste de moi.

Une infirmière me prodigue les derniers soins de la journée, éteint la lumière, ferme la porte de ma chambre. J'aimerais parler à Bernard, à M. Rachid, à l'un de mes enfants. J'aimerais demander à mon éditeur si *Ce qui plaisait à Blanche* se vend honorablement. Si on en dit du bien ou du mal dans le petit milieu. J'aimerais sentir le parfum de Vita.

Tom Hanks a confisqué mon portable – dont les ondes, paraît-il, risquent de dérégler les machines qui veillent sur moi.

D'où ma solitude à « l'heure du désespoir » – comment mon Proust onirique avait-il pu croire que j'étais l'auteur de cette expression alors que je l'avais trouvée au début de sa propre *Recherche* ? Était-ce une façon de me dire, ce qui serait bien dans sa manière byzantine, que mon larcin ne lui avait pas échappé ?

Impatience devant le tout-puissant sommeil qui tarde à m'ensevelir.

Curiosité inquiète devant le voyage que me proposera cette nouvelle nuit.

Dans l'obscurité, soudain, une *présence.*

Très ombrée. Plus transparente qu'un phasme nocturne. Je distingue mal les contours de cette ombre-phasme qui, éclairée par les réverbères de la rue, semble appartenir elle aussi à une lanterne magique. Je sens une vibration inhabituelle. Peut-être un infrason doublé d'une lueur tremblante.

— Alors, on y va ?

Tels sont les mots exacts prononcés par la *présence*.

J'entends sa respiration aiguë qui par instant descend de quelques tons vers un feulement plus grave.

— ... je passais par là et je me suis dit, tiens, on va prendre des nouvelles du tennisman au cœur brisé... On va lui demander s'il veut y aller...

— Où voulez-vous que j'aille ?

Je parle dans le noir. Dans le vide du noir. Mes mots brillent comme des lucioles, ils dansent sur les murs et le plafond, ça ressemble au faux ciel étoilé que projettent les boules à facettes des night-clubs de camping. Je trouve ça normal. Les mots sont toujours plus ou moins dansants et lumineux.

La *présence* me répond :

— Allons, tu le sais bien... Arrive un moment où il faut se décider... On y va ou on n'y va pas... Quand je t'ai vu sur l'argile pilée de ton court de tennis, j'ai compris que tu aurais bientôt besoin de moi... Je m'étais alors déguisée en aigle pour t'observer de plus près, comme il y a longtemps sur une plage d'outremer... Tu te souviens ?

— Je me souviens, oui, de l'aigle qui m'a soulevé quand j'étais sur l'argile pilée... Et l'autre aigle, celui de la plage d'autrefois, j'en ai rêvé il n'y a pas longtemps... C'était le même aigle ?

— Évidemment, je te surveille depuis l'enfance, depuis toujours… Note bien que je fais ça pour tout le monde, c'est mon métier, je me déguise en aigle, en âne, en crabe, en idée, en métronome, en coquelicot, en moustiquaire… Mais ne t'inquiète pas, tu as encore pas mal de temps à ta disposition si tu tiens à vivre… Sur l'argile pilée, tu m'avais fait penser à…

— … à Michel ?

— Évidemment… À l'époque, ça m'avait surpris qu'il ait eu si tôt envie de faire appel à mes services… Je croyais qu'il voulait juste passer des vacances tranquilles à Ramatuelle, et puis on m'a convoquée en urgence…

— Il a souffert ?

— Je ne crois pas… Je suis arrivée tout de suite… Le pauvre petit, il était encore bouillant, il mijotait dans sa sueur, tout en grelottant… On lui avait fait une couverture avec son pull torsadé à bandes rouges et bleues qui était sagement plié dans son sac de sport… Je ne pouvais pas l'abandonner dans cet état… Je l'ai suivi jusqu'à la clinique du coin… Par chance, de mon point de vue, ils étaient mal équipés… Et c'était trop tard pour le transporter en hélicoptère… Ce mort-là, c'est sûr, j'ai eu aucun mal pour le cueillir…

— Vous auriez pu vous détourner…

— Il délirait… Il réclamait Chuck Berry et Joséphine Baker, deux vieux amis à moi, il m'était si facile de réunir tout ce petit monde… Si ça lui fait plaisir, m'étais-je dit…

— Il était si jeune…

— Que veux-tu, c'est comme ça... Moi, j'obéis aux ordres...

— Vous avez des ordres à mon sujet ?

— Rien de précis, je suis là pour voir... Ensuite, je ferai mon rapport et on décidera en Haut-Lieu... Note bien que je récolte peu de Capricorne en ce moment... Tu sais, chaque signe a sa saison... Toi-même, de quoi aurais-tu envie ? Je peux transmettre à qui de droit...

— Je veux « mourir à la dernière minute » comme l'a écrit un écrivain français dont le nom m'échappe à cet instant. Je veux rester vivant jusqu'au bout... Centenaire, au moins, avec tout le monde autour de moi à l'heure fatale... Femmes, enfants, amis... Une agonie de pharaon...

— Je sais, je t'ai entendu le penser il y a quelques jours...

— Mais après y avoir réfléchi – puisque dans cette chambre je n'ai rien d'autre à faire – je préfère qu'on décide pour moi. Ça correspond mieux à mon idée du destin...

— Ça sera comme tu veux... J'avais envie de te faire une faveur en te permettant d'exprimer une préférence... J'ai l'habitude qu'on me traite mal... qu'on me fasse une mauvaise réputation... Mais si tu me laisses l'initiative...

Cette *présence* a une voix merveilleuse. De celles qui bercent, hâtent le ravissement. C'est une voix de sirène. Plus apaisante qu'une harpe ou qu'un frais bruit de fontaine. Pourquoi devrais-je repousser ses avances ? Ce serait si facile, si agréable, de se laisser glisser là dans ses bras, de plonger dans un coquelicot, de grimper sur les ailes de l'aigle, de surplomber ma vie une dernière fois…

Ses doigts sont maintenant sur mon front et jouent avec mes cheveux. Des doigts habiles, encore plus effaceurs de souffrance que le sang du diable. Dès qu'ils entrent en contact avec ma peau, dès qu'ils y répandent leur électricité, je n'ai plus mal. Ces doigts connaissent le mystère des guérisons suprêmes.

— Tu vois, avec moi la douleur disparaît… C'est mon don le plus précieux… Les gens oublient trop souvent que la mort est un remède définitif… La haine qu'ils me témoignent, et même l'effroi que je leur inspire, disent assez clairement qu'ils ne sont pas sensibles à mon charme. Et pourtant, goûte-moi un peu, tu verras… Je me suis entretenue il y a peu avec un écrivain allemand du siècle dernier… Cet homme supérieur, si ravi d'être mort, m'assurait que si l'on cognait sur le marbre des tombeaux pour interroger les défunts, la plupart d'entre eux refuseraient de ressusciter…

Je n'aurais jamais cru que la mort avait besoin d'être ainsi commerçante. Ni qu'il lui fallait vanter ses avantages, sa marchandise, son savoir-faire, sa pharmacie. Comme n'importe quel vendeur de parapluies ou de cravates sur les marchés et les grands boulevards.

— Je veux bien mourir, lui dis-je, mais il me faut des preuves, des garanties, des précisions...

L'ombre-présence-phasme tente de m'envelopper.

Je ne me laisse pas faire.

— ... je voudrais ne plus souffrir, ajouté-je, mais ressentir des choses malgré tout... Le soleil sur ma peau, l'eau fraîche, la douceur, les fruits, le désir, le vent, la lumière, l'amour, les vagues, le merveilleux sommeil, la jouissance, le réveil, la bouche de Vita...

— Ah, il faut se décider, mon ami... On ne peut pas tout avoir... Avec moi, c'est d'abord la fin des douleurs morales et physiques, la fin des problèmes d'argent, de trahison, d'ambition, de combat au jour le jour... Autre avantage : si tu me suis, tu ne vieilliras plus... Qui dit mieux ? Et ça, crois-moi, ça n'est pas la vie qui pourra te l'offrir... Sans moi, l'existence serait monotone, épuisante... En tout cas, ma proposition tient jusqu'à demain, quand je repasserai te voir... Après, je déciderai sans te consulter...

Elle est toute proche.

Ses lèvres sont au bord des miennes.

Je sens son souffle tranquille.

Personne, jusque-là, ne m'avait dit que la mort pouvait être à ce point féminine. À l'évidence, elle entendit ma pensée :

— Tu n'as pas tort, me dit-elle, je suis principalement femme, mais il m'arrive d'emprunter l'autre sexe...

Dans mon royaume, cette distinction n'a plus grande importance...

Avant de quitter ma chambre, elle eut encore le temps de me dire :

— Bon, je vais jeter un œil dans la chambre de ton voisin, l'Acteur Célèbre... On m'a signalé qu'il était beaucoup plus mûr... enfin, je veux dire, plus *sur le départ*... Quand je repasserai, n'oublie pas, je veux mon coq...

Un coq ?

Pour quoi faire ?

Est-ce que cela a un rapport avec le coquelet que Violante dévorait à Vézelay ?

Avec mon poitrail cisaillé ?

Tout cela prend des allures de cauchemar.

C'est un cauchemar.

Je ne sais rien des mécanismes chimiques organiques psychologiques inconscients qui besognent mon corps, qui lui insufflent du regain par des chemins physiques et spirituels, mais lentement, au rythme d'une brume dissipée, je vais mieux. Le rat nazi, la pieuvre, la vrille battent en retraite. Lancent leurs dernières offensives immédiatement neutralisées par l'avant-garde qui me protège. Grâce à la Mort Visiteuse, peut-être... J'ai souvent entendu dire que le gibier dont elle ne voulait pas, ou qui ne voulait pas d'elle, recouvrait vite sa santé. Autrement dit : la vie l'emporte et se renforce dès que l'on admet que la mort en fait partie.

On m'apporte des journaux. Retour au vacarme. Le monde s'engouffre. Reflux de la vague immense et automnale qui m'avait envahi sur le court de tennis.

En se retirant, elle exhibe de grandes nappes de réalité : saletés humaines, vilenies locales, guerre de tous contre tous, solitudes, grands périls imminents – j'ai du mal à retrouver le fil de cette histoire de fous encore et toujours « racontée par un idiot »…

Quinze jours plus tôt, je jonglais habile au milieu de cette cohue. Et soudain perdu dans tant de pugilats complices, de polémiques, d'arrogances, de jalousies, de vanités, je ne comprends plus rien. J'ai dû rater deux ou trois épisodes de ceci cela. La réalité qui m'assaille est désormais opaque. Comme si, dans le dédale, on avait éteint la lumière

Le Grand Ponte m'assure que c'est normal.

— Ça va revenir, ça va revenir… Il faut y aller mollo… Ne pas solliciter tous les sens à la fois… Prenez acte des faits, vous leur donnerez un sens plus tard…

En attendant, je survole, je survole. La guerre fait rage entre les femmes et les hommes. La plupart montent sur leurs grands chevaux, s'enveloppent dans leurs capelines de passions tristes, se dénoncent, se haïssent... Spéculations confuses sur le marché des émotions... Surévaluation factice des valeurs du jour... Effondrement des cours, quelques faillites, reprise possible on ne sait jamais, les experts l'affirment, quoique nul ne sache vraiment... L'amour et la beauté ne sont pas en pleine forme...

À l'horizon, ce sera, c'est déjà, la débâcle des sensibles, la ruine des purs, des mélancoliques, des agnostiques, des humains sans conviction. Ce qui est sûr, c'est que chacun a envie d'être l'autre tout en le maudissant.

Je me demande comment j'ai pu jadis trouver ma place sur ce ring. Car j'y avais une place, une place de choix, avec considération, relations, mobilité, notes de frais, prestiges locaux et provisoires, raisons de se lever le matin, de jouer des coudes, de vouloir, de refuser, de faire mousser l'honneur, la cupidité, l'habileté. Pourrai-je jamais me faire réembaucher par cette troupe de saltimbanques multipolaires ? Le voudrais-je ? Quinze jours plus tôt, j'étais encore au four et au moulin. J'aimais ça. La taille et l'estoc. Maintenant, ma lassitude règne sans partage. Je n'y arriverai plus. C'est sûr. J'aimerais consulter mon ami LesVies qui est un expert en vacarmes et cohues – où est-il ?

Petit détour par les *pages littéraires.*

Facile de constater qu'on a oublié enterré disqualifié ma chère *Blanche.* Morte née, *la poverina*… Elle s'était pourtant donné du mal pour attirer l'attention. Elle voulait, à ses débuts, quand je me contentais de la rêver, faire une grande carrière. Ni Merteuil, ni Emma, ni Sanseverina, bien sûr, il ne faut tout de même pas exagérer, mais deux trois tours de piste sous les vivats et les *bravi* ça n'était pas inconcevable. Il m'a vite fallu réviser à la baisse. Pas le droit de tricher avec l'art. En attendant, on l'a déjà remisée, ma blanche héroïne. Expédiée au grenier. Une figurine démodée du musée Grévin réservé aux créatures romanesques qui ne font pas recette. J'enrage. Et en même temps je comprends, souscris, m'en fiche, même si j'ai un peu de regrets pour le narrateur qui me ressemblait d'assez près et pour le bel Aragon qui se promenait gracieusement dans mes pages. Tu aurais dû te contenter de ne plaire qu'à toi-même, espèce d'amateur, me dis-je… Retiens la leçon ! Ce qui est décevant dans cette affaire c'est que ceux qui ont droit de vie ou de mort sur des héroïnes comme *Blanche* sont, j'en ai la preuve, encore plus démodés qu'elle. La prochaine fois, si prochaine fois il y a, ce qui est fort improbable, je ferai du bien saignant du social en veux-tu en voilà je ne toucherai pas le corps sacré des dames je dirai que je suis un mâle blanc coupable pathétique je choisirai une belle victime violée incestuée comme il est recommandé cochant toutes les cases du malheur. *Blanche* avait commis l'erreur définitive d'être riche et heureuse. De jouir du bonheur dans le Mal. Et ça, souviens-t'en cher moi-même, ça ne se pardonne pas.

Encore plus loin, dans les pages médicales, un article sur la conférence du Grand Ponte au Jockey. Photos, reportages, trémolos, hommages de l'Institut. Il pose avec une dame très chignon combiné à un air coquin, l'épouse peut-être, à moins que la maîtresse-trophée ne l'ait emporté au *finish* selon la loi des *ultimata* répertoriés (« tu m'emmènes au Jockey ou c'est fini entre nous... »). On y rapporte flatteusement ses propos sur les dérèglements du rythme cardiaque consécutifs aux émotions trop vives. L'article est intitulé *Des peines de cœur aux problèmes cardiaques.* Serais-je concerné ? Car c'est, assure mon *maestro*, un phénomène très rare, mais bien réel, et repéré vingt ans plus tôt par un Japonais. On appelle ça le *syndrome de tako-tsubo* (j'entends le conférencier qui module voluptueusement ses consonnes linguo-labiales en agitant sa langue de reptile mondain) en l'honneur dudit Japonais qui, afin de prouver le bien-fondé de ses théories, s'est volontairement noyé dans le chagrin que lui avait causé une geisha libertine jusqu'à ce que ledit chagrin dégénère en ventricule calcifié. L'affaire m'intrigue car, une fois traduit, *tako-tsubo*, n'est-ce pas drôle, pourrait signifier *cœur brisé.* Dans ce genre de circonstance, le *silent killer* éprouve des difficultés à pomper le sang et ne bat plus au bon rythme. Une fois atteint par ce traumatisme, il n'assume plus son rôle de la bonne manière, il *dysfonctionne*, fait le lit du futur drame, provoque un gonflement de l'aorte tu vois ce que je veux dire. Cette « cardiopathie de stress », se déclenche, dit-on, après une rupture très violente, une mise au chômage, la perte d'un être cher, une mélancolie inédite, un deuil, un conflit familial... Était-ce mon cas ? Avais-je perdu un être cher ? En un sens, oui... Vraiment perdu ? Tout dépend de ce qu'on entend par *perdu*... Une drôle d'histoire... Une salade père-fils... Sans vrai coupable, sans innocent blanc comme neige... D'autant que je n'ai pas l'intention de tout mettre sur la table... Il y a des choses, des sentiments, des secrets, du linge sale qui ne gagnent rien à être balancés en public – même dans un *roman*.

Chaque nuit quand je me demande inquiet si la Mort Visiteuse va revenir, quand je sens qu'elle pourrait m'emporter par avidité de routine, quand j'entends les rumeurs d'agonie qui flottent fétide vapeur dans les couloirs je me console c'est absurde mais je n'ai rien trouvé de mieux en pensant tendrement mécaniquement comme on se réchaufferait à la flamme d'un grand feu joyeux en pensant oui aux filles femmes (magnifiques, glorieuses, malchanceuses, fidèles, infidèles, joueuses, vicieuses, angéliques) qui ont traversé ma vie entre Violante et Vita. Toutes le savent-elles m'ont façonné tel que je suis. M'ont signalé mes faiblesses mes lâchetés mes courages aussi. Chacune possédait ce que l'autre n'avait pas. Chacune proposait son vertige spécifique sa rage sa grâce sa façon d'aimer de se sacrifier de trahir. À chacune oui sa conquête sa débâcle son bonheur sa ration d'air. Je devais sous peine de me déconsidérer en moi-même les séduire et les séduire toujours à tout prix et me remettre inlassablement entre leurs bras afin de vérifier mon prix du jour de la semaine de la saison. Seules ces filles femmes pouvaient dire ce que je valais ou ne valais pas sur le marché du tempérament, de la morale, de la dignité virile ou tout simplement humaine. Elles étaient mon miroir le plus fiable. Ma valeur officielle, actuarielle, anticipée. Impossible de les compter dans ma nuit insomnieuse. De me souvenir de leurs jambes de leurs yeux de leurs gémissements bien que leur être collectif m'enlace fidèlement. Leur compagnie je le jure fit les trois quarts de mon bonheur terrestre. Et leurs plaisirs firent (j'emprunte la formule à *Jacques Maisonneuve,* l'illustre Vénitien francophone) les deux tiers du mien. Se souviennent-elles seulement de moi ? J'aimerais tant hélas je n'y crois pas même dans mes instants d'extrême vanité pathétique de mâle entamé par le temps. J'ai croisé l'une d'entre elles peu avant ma fatale partie de tennis avec Archi. Elle a posé sur moi un regard si vide que j'ai brièvement douté d'avoir été son amant d'avoir été témoin de ses orgasmes adultérins dans la chambre où elle m'avait rejoint en clandestinité ça je m'en souviens même si elle l'a oublié. À l'époque, M. Rachid, grand amateur de haïkus, me disait sagement : « Un homme dans la vie d'une femme ? La trace d'un oiseau dans le ciel. »

J'ai fini par comprendre que les êtres sont des mosaïques sans cesse inachevées. Et qu'ils se persuadent selon leur fantaisie qu'il leur manque un morceau, une bribe, un *punctum*, sans lequel leur identité mosaïque serait à jamais en manque et inachevée.

Emportés par l'imagination, par le hasard, il leur arrive alors de supposer qu'un inconnu, surgi de nulle part, et à la faveur de ce seul surgissement impromptu, pourrait devenir ce morceau-là. Ils décident aussitôt (je veux dire : leurs arrière-pensées décident...) qu'ils ont besoin de cet inconnu. Qu'ils l'ont vu avant de le voir. Qu'il va s'ajuster miraculeusement à la forme encore vide de la mosaïque impatiente de retrouver sa bribe manquante. Ils exigent alors de le posséder. De l'inclure en eux. De l'aimer. De l'installer à la place qui l'attend et dont son être a magiquement pris la forme. La naissance de l'amour ? C'est ça. Rien d'autre. Une affaire de morphologie, de trou à boucher, de vide à remplir, d'idéal puzzle. Le sentiment n'est pas concerné. Il se contente de suivre le mouvement.

Il y avait un peu de tout cela, la première fois, dans le long regard de Vita quand, dans ce restaurant, elle est tombée amoureuse sans que personne, surtout pas moi, puisse entendre le bruit de sa chute.

Je n'avais eu ce jour-là et les jours suivants que la solution de me conformer au rôle, à la forme, à l'ampleur, aux contours, qu'elle m'avait inconsciemment attribués.

Je m'étais fait une tête de bribe, de *punctum* manquant. Je m'étais laissé aimanter par la mosaïque. Il fallait, sous peine de perturber l'ordre de l'amour, ne rien modifier à l'harmonie préétablie qui m'avait transformé en vainqueur chanceux.

Qui était véritablement celui qu'elle avait choisi d'aimer ?

Combien de temps ce malentendu pouvait-il durer ?

Certaines nuits, surtout à « l'heure du désespoir », je tremble à l'idée que le démon qui vit en moi, qui ne me lâche pas, arrache les masques qui m'ont bien dissimulé jusque-là.

Que Vita me voie enfin tout enveloppé de mes ruses et de mes habiletés. Bien englué dans le rôle de composition dont je me suis drapé pour lui plaire. Pour convenir à sa mosaïque.

La Mort Visiteuse revint dans ma chambre le lendemain. Juste le temps de s'allonger à mes côtés, de me renifler, de me caresser, de me murmurer quelques mots :

— Bon, j'ai compris... Et je vois que tu n'as pas un coq pour moi... Tu as donc envie de vivre... Je respecte... De toute façon, j'ai du pain sur la planche avec ton voisin ... Je te dis à bientôt... Je serai toujours dans le coin si tu changes d'avis... Il y a quelques jours, à propos d'une actrice, Gaby Morlay je crois, qui ressemblait beaucoup à ta maman, tu t'es dit qu'il faut savoir abandonner les morts, les rendre à leur liberté de néant... Eh bien, c'est la même chose pour moi, il y a des vivants que je dois abandonner à leur volonté de vivre... Cela ne veut pas dire que je leur donne raison, mais c'est leur droit de ne pas m'adorer sur-le-champ... De toute façon, je sais que je leur rends quand même un sacré service...

— Pourquoi ?

— Parce que, sans moi, sans mon imminence toujours possible, ils accorderaient de l'importance à tout ce qui n'en a pas... En existant, je permets aux plus intelligents de relativiser leurs malheurs secondaires... Un jour peut-être comprendront-ils que je suis l'incontestable sculpteur de leur vie, que sans moi celle-ci serait à jamais informe et pâteuse comme l'éternité...

— Je n'ai rien contre l'éternité...

— Certes, mais réfléchis un peu... Jadis, quand je fréquentais l'Olympe, j'ai pu mesurer par mon désœuvrement même la tragédie des dieux privés de trépas... Ils vivaient dans un monde sans saveur, sans achèvement existentiel, sans horizon fatal, parce que leur vanité d'immortels les avait incités à refuser mes services… Et tu peux constater que ça ne les a pas menés loin… Les chrétiens, en revanche, m'ont réservé la place d'honneur dans leur dispositif, c'est pour cela que leur mystique boutique tient le coup…

— Je pense qu'on se reverra, avais-je murmuré…

— Oui, c'est tout à fait inévitable…

— Je ne vous fais plus envie ?

— Ça n'est pas la question… Mais, vois-tu, je n'admettrai jamais que les humains ne se dépêchent pas de me rejoindre… À croire qu'ils préfèrent en baver le plus longtemps possible…

Après quoi, elle se leva, ouvrit la porte et s'en alla sans bruit vers le couloir où plusieurs impatients, fort peu dieux grecs, l'attendaient. Ils gémissaient. Leurs désespoirs sonores faisaient trembler les murs. Leur hâte de mourir me rejetait avec force sur la rive des vivants.

Quelques secondes plus tard (des secondes ou des heures, je ne sais plus mesurer le temps), j'aperçois une ombre qui gesticule sur le balcon de ma chambre. Cette ombre a une main. Cette main se faufile. Ouvre la fenêtre. Écarte le rideau.

— Je t'entendais parler dans le noir… Tu rêvais sans doute… J'ai préféré attendre que tu te réveilles…

C'est mon cher Bernard LesVies, le très énergique, le fougueux aventureux... Il m'explique qu'il fait un aller-retour en avion militaire depuis le Kurdistan... Il veut constater *in vivo* que j'ai déjà tordu le cou à ceux qui me voulaient du mal.

— Je bavardais avec la mort... Parfois, elle me rend visite...

— Tu racontes n'importe quoi ! La mort ne nous concerne pas, tu le sais bien... Quand nous serons centenaires, pourquoi pas, mais avant, ce serait absurde... Je t'interdis de fréquenter cette salope, même en rêve...

Il connaît bien la clinique où je me trouve, et plus particulièrement la chambre que j'y occupe, car il habitait juste en face quand il était lycéen. Il observait le manège des malades, des médecins, des infirmières. C'est ce manège qui a forgé, très tôt, son mépris définitif du néant et de ses environs.

— Tu te rends compte, me dit-il, tu as failli lâcher la rampe à vingt mètres de l'endroit où je suis né, où je lisais Kant et Spinoza dans ma chambre d'étudiant, où je me préparais à devenir champion...

— Tu voulais être champion de quoi ?

— Comment savoir ? Je voulais être champion de tout... Dans le peloton de tête, tu comprends... *Avanti ! Avanti !* Autrement, ça ne vaut pas le coup... (*un silence*) ... mais donne-moi d'abord de tes nouvelles...

Son téléphone sonne. Certainement un président. Bernard parle dans un anglais globish truffé d'expressions codées. Je devine qu'il prépare un exploit tonitruant. Plusieurs chaînes de télévision l'attendent. Quelques délégations de damnés de la terre lui ont demandé audience. Il doit également bénir ses enfants, s'entretenir avec des ministres, des marchands d'armes, des *tycoons* internationaux, sa bien-aimée, avant de reprendre son avion demain à l'aube.

— Je m'amuse bien, tu sais...

— Je le sais... Tu cours, tu cours, et moi je ne peux pas bouger...

— Pas grave, tu te mettras en mouvement plus tard... Le plus important, c'est de garder le cap...

— Quel cap ?

— Le cap du bonheur, pardi ! C'est la seule bonne direction...

— Mais comment trouver la direction de cette direction ?

— Très simple... Tu n'as qu'à consulter ton instinct boussole... Et ne jamais oublier que le bonheur n'est pas seulement une proie qu'il faut savoir chasser, mais qu'il est aussi un chasseur qui doit te prendre, toi, pour proie... Il faut lui donner envie de te viser, de t'aimanter, de t'attraper... C'est ce que je fais... Stendhal, ton ami, savait tout ça, qui écrivait « la chasse *du* bonheur » et non « la chasse *au* bonheur »... Avec le datif, tu as un bonheur-proie, avec le génitif tu as aussi un bonheur-chasseur…

— Et que se passe-t-il si le bonheur n'a pas envie de toi ?

— On l'obligera ! D'ailleurs, j'envisage de créer une nouvelle Internationale des *Amis de la Belle Vie*… N'y seront admis que les partisans de la félicité ! Les peine-à-jouir, les yogis, les austères, les moines de Port-Royal, les ressentimenteux, les amers, les faux hédonistes n'ont qu'à aller se rhabiller… On ne sera pas nombreux au début mais, si on sait s'y prendre, avec un peu de pub, ça se peuplera progressivement… Dans l'avion, je lisais *La Mort de Sardanapale* de Byron – ah, ce Byron, quel type magnifique ! – et j'y ai trouvé une phrase, la dernière, qui pourrait résumer l'esprit de cette petite confrérie : « Si le fil de nos vies tire à sa fin, choisissons la joie ! » Qu'en penses-tu ?

— Je veux être membre fondateur de cette Internationale…

— Cela va de soi… Mais faudra te débarrasser de toutes tes mélancolies… Ce qui est bizarre avec toi, c'est que tu aimes le soleil et la lune en même temps… Tu sais être joyeux, mais tu ne rates pas une occasion de souffrir… On dirait que tu aimes ça… J'espère qu'en te rectifiant le cœur, ils en ont profité pour réparer ce défaut de fabrication…

Encore son téléphone. Cette fois, c'est une femme. Il lui propose un rendez-vous dans la vallée du Pandjchir pour le lendemain. Au bout du fil, on semble hésiter. Une question me brûle les lèvres :

— Dis-moi : ça te sert à quoi d'avoir plusieurs vies ?

— Eh, mon cher, ça me permet d'être héroïque et beau, d'écrire des livres, de discuter avec les maîtres du monde, de la science, de l'intelligence, de défendre les humbles, d'être l'ami des riches, d'être riche moi-même tout en restant moralement humble, d'être admiré, d'admirer, d'être haï, d'être adoré et courageux, bien habillé, artiste, homme d'affaires, imprudent, père de famille, latiniste, helléniste, amant vigoureux, ami fidèle… J'arrête là ?

Je suis impressionné.

Mon cher LesVies me donne envie de le suivre, de l'imiter, de me régler sur son entrain. Son amitié est, dans l'ordre fraternel, l'équivalent de ce qu'est l'amour de Vita dans l'ordre des orchestrations majeures.

Ou alors : pourquoi ne le laisserais-je pas tranquillement tourbillonner à ma place ? Être mon représentant dans la vie agitée ? Mon envoyé spécial dans le monde qui bouge ?

— À part ça, reprend-il, tu lis quoi en ce moment ? Tu vois qui ? Tu es au courant du coup d'État qui se prépare en Turquie ? Je vais essayer d'organiser ça…

— Comment comptes-tu t'y prendre ?

— J'ai un plan… Pour commencer, je dois écrire un livre pour prouver que Poutine, Erdogan et le prince Salman sont des mauvais lecteurs de Heidegger

– ou, si tu préfères, qu'ils sont de *trop bons lecteurs* de Heidegger... Ensuite, je passerai à la phase numéro deux qui sera plus ou moins militaire... Après quoi, on choisira des démocrates humanistes aroniens tocquevilliens et on les installera aux manettes afin que règne à jamais ou provisoirement une belle saison pacifique et turque... Une bonne idée, non ? En attendant, ne perdons pas de temps : tu sors quand de cette clinique ?

Il semble agacé par tous les fils et les machines électriques qui partent de mon thorax, de mes veines. Il observe avec curiosité les écrans qui, au-dessus de mon lit, mesurent mon pouls, ma tension, mes ondes mentales. Il jette un œil dégoûté sur le pansement qui me lange comme une momie.

— Je bougerai dès que mon thorax se recollera un peu, lui dis-je enfin... J'ai mal, tu sais... Heureusement, il y a le sang du diable...

Il prend son air étonné. La douleur ? Il ne connaît pas. Il a bien remarqué, en explorant la misère du monde, que la douleur existait incontestablement mais à titre personnel, en lui, au fin fond de lui, il ne l'a jamais rencontrée, éprouvée... Ni la douleur physique – puisque c'est un héros qui n'a peur de rien et saurait se tenir face à la torture de la vrille et du rat nazi. Ni la douleur sentimentale – puisque, dans son existence, *everything is always under control*... Ça n'est pas lui, ah non, qui va se mettre à la merci d'un chagrin, d'un bobo, d'une désillusion, d'une Violante, d'un coquelet symbolique, d'une peine de cœur… Il s'est ignifugé… Impossible de trouver la faille de sa cuirasse… Sa mère était beaucoup plus prévoyante que la Thétys maman d'Achille, et elle l'a jeté tout entier dans le Styx afin qu'il ne soit même pas affligé d'un talon vulnérable… Un jour, à l'époque de Violante précisément, quand il me voyait avec mon premier *cœur brisé* souffrant, il m'avait interrogé, de bonne foi, en prenant des notes, sur les douleurs de l'amour, leur intensité, leur fréquence, leur particularité. Est-ce que ça faisait plus mal qu'une intoxication alimentaire ? Qu'une brûlure au second degré ? Était-ce plus fatigant qu'un mauvais coup de soleil ? Moins ?

— Le sang du diable ? Très intéressant… Devrais-je y goûter ? Je veux expérimenter toutes les sensations… Mais tu aurais pu me demander mon sang à moi… Il est plein de vitamines… Tu en veux ?

— Tu sais, mon cœur a cessé de battre pendant 155 minutes… Presque trois heures pendant lesquelles j'étais vivant-mort…

— Passionnant ! Faudra que j'essaye ça aussi… Ça me fait penser au chat de Schrödinger… Tu te souviens de notre déjeuner place de la Sorbonne ? C'était le jour où tu venais de rencontrer tu vois qui je veux dire… Elle existe toujours celle-là ? Une fille avec d'incroyables jambes américaines… Faudra écrire tout ça : les jambes américaines, le chaton Schrödinger, tout… Car le temps passe, même pour nous… Écris-le tout de suite… Sinon, ça n'existera plus…

— Mais je ne peux pas… Je souffre… J'ai oublié la forme des mots… J'ai même du mal à les comprendre quand je lis les journaux…

— Très bien ! Je connais ça… Quand je prends trop de machins stimulants, c'est la même chose, je ne sais plus écrire… Alors je me sers d'un petit magnétophone et je dicte pour plus tard… Tu vois, il est dans ma poche… Je te le laisse…

Il me tend sa machine. C'est une bonne idée. Je lui confierai mes pensées. On verra bien ensuite.

— Bon, c'est pas tout ça, faut te remettre les idées en place, et vite ! J'ai pas du tout apprécié ton rêve avec cette Mort salope… Qu'est-ce que tu t'imagines ? Que tu es prêt ? Tu m'as promis de n'être jamais prêt…

— Et pourtant, Shakespeare…

— Quoi Shakespeare ?

— Tu sais bien, le dernier acte de *Coriolan*, je te l'ai souvent cité : « *readiness is all…* »

— Le pauvre Shakespeare, on lui fait dire ce qu'on veut… Mes amis kurdes pensent même qu'il a écrit *Richard III* en pensant à eux… Si ça se trouve, faudra que je vérifie, Shakespeare voulait peut-être dire qu'il faut *se tenir prêt à ne pas être prêt…* Et alors, cette mort onirique passera son chemin…

— Tu sais, elle me réclame un coq…

— Ah, je vois, Madame te prend pour Socrate, et quoi encore ? Si elle t'a réclamé un coq, ça prouve bien qu'elle n'existe pas, que tu as rêvé… Tu t'imagines vraiment que la mort a lu Platon ? Laisse tomber... La mort est infréquentable, indigne, voleuse, prétentieuse, laide, ennuyeuse, inutile, minable... Moi, je ne lui permettrai jamais de s'insinuer dans mon royal sommeil...

Nous avons parlé jusqu'à l'aube. De tout. Comme d'habitude. La prochaine guerre civile, la République, ses ennemis, les gentils, les salauds, les assassins, l'avenir, les *gender studies*, l'Acteur Célèbre, les guerres oubliées, les gilets arc-en-ciel, les oies du Capitole, la bande de Gaza, la vanité de l'un, le courage de l'autre, le qui-couche-avec-qui, la solitude de tous – sauf en ce qui nous concerne puisque nous sommes respectivement nos propres contemporains en ce monde.

À son contact, j'oublie brièvement mon cœur brisé réparé. Il m'en veut d'avoir presque failli à notre serment d'être immortels pendant au moins un siècle. Il me conseille encore de prendre des notes. D'enregistrer mes sensations. Toutes mes sensations.

— Tu comprends, reprend-il, pour des gens comme nous, si chanceux depuis notre naissance, ça n'est pas tous les jours qu'on a l'occasion d'être en contact avec le moins bien... Faut en profiter, l'accueillir et l'enfermer vite fait dans une phrase, une page, une bande magnétique... Le reste, c'est pour la galerie... N'oublie pas le magnéto, promis ? Tu dictes, tu dictes, tu mets les mots dans le bon ordre, on relira ensuite...

Mon noble et tendre second fils s'obstine à me prendre pour le héros que je n'ai jamais été.

Ce matin, il a déposé à la clinique un message fiévreux dans lequel il me redit son amour, son dévouement, son besoin de moi, son bonheur de me croire invincible. Il est mon Télémaque personnel, ce qui soit dit en passant me procure l'illusion très déraisonnable d'être aussi malin qu'Ulysse, de posséder comme lui l'art du Retour, fût-ce de la maison des morts. Il m'est précieux ce fils tellement filial qui ne doute jamais de l'intrépidité victorieuse de son père.

À Ithaque, soit partout en ce monde, les prétendants trop pressés de coucher avec Pénélope n'en finissent pas de répéter qu'Ulysse est mort, que ça lui apprendra à abandonner son épouse dévouée, que Circé, Neptune, ses sirènes et d'autres l'ont enchaîné dans les sentiments ou au fond des eaux, mais le fils d'Ulysse n'en croit rien. Il n'oublie jamais que son père est tout entier art et ruse. Qu'il survivra à son long voyage… Qu'il va revenir et confondre les présomptueux qui rêvent d'occuper son trône et son lit…

Dans sa lettre, mon Télémaque si aimable me prie simplement d'écrire une phrase solennelle de mon choix, une de ces phrases qui font devise et carapace contre l'ennemi, de la lui faire parvenir afin qu'il puisse se la tatouer et la conserver à jamais bien visible tel un phylactère autour de son poignet. Il pense que ma phrase, dans mon écriture, et sur sa peau tatouée, saura, comme chez les Masaïs, les bagnards, les Triades et autres tribus patibulaires superstitieuses, le protéger de tous les dangers de la vie. Sa prière m'émeut. Je vais trouver une phrase mémorable et digne de nous. Je la lui offrirai en témoignage de notre alliance.

Pour le coq de la Mort Visiteuse, mon ami LesVies n'avait pas tort : ça n'était qu'un rêve, un sale rêve, une virevolte plus ou moins macabre afin d'esquiver un effroi nocturne. Ce faisant, j'avais tout de même rembobiné le fil de ma vie et m'étais retrouvé à son début sans le vouloir. Quant à ce coq, c'est par une comique compression de sons, de ricochets verbaux, de formes animalières, qu'il avait emprunté le tortueux chemin qui l'avait mené jusqu'à moi. Innocent, juché sur son unique et sèche syllabe, il s'appropriait pour lui seul le coquelet dévoré par Violante à Vézelay, mon propre poitrail cisaillé, ma vie en sursis… L'ensemble m'offrait *in fine* une séquence très ancienne. C'était un bon souvenir régressif et bienvenu. Je l'ai revisité sans déplaisir tandis que les cris de l'Acteur Célèbre m'empêchaient de trouver la paix et le sommeil.

Autour de moi, l'odeur d'un lycée d'autrefois.

Avec planisphères, départements français roses verts jaunes, squelette humain en plastique, estrade, encriers, parfum de craie crissant sur l'ardoise du tableau noir.

J'aime ce moment. Il précède de peu mon premier contact avec la haute pensée.

Le Professeur vient d'apparaître.

Il est auréolé d'une réputation de grande fantaisie philosophique. Il fume avidement ses cigarettes Marigny. Porte d'épaisses lunettes de myope qui lui font un air d'ahuri titubant. Des taches de café ont transformé sa chemise en peau de léopard, ses chaussures bâillent, ses ongles sont cernés de crasse, il est jovial et mouvementé. Il m'impressionne.

Je sais déjà qu'il est un héros qui à vingt ans dirigeait le maquis de Chartres. Je sais aussi qu'il est l'ami du général de Gaulle, de Jean Vilar, de la Justice, du Bien, de toutes les formes de Résistance et de courage. Sans oublier les quelques actrices de théâtre, des beautés fameuses, qu'il a épousées avant de se convertir à la foi augustino-kierkegaardo-pascalienne. On raconte que, depuis peu, il bavarde souvent avec Dieu qui, murmurent certains, lui fournit de précieuses informations sur l'avenir du monde, de la transcendance, de la pensée.

Ce jour-là, ce jour lointain, il éblouit, charme, exécute gammes et fouettés jetés conceptuels en impeccable soliste. Il veut séduire d'emblée. C'est un comédien d'exception, un voltigeur digne de la cour des Papes, sa troupe enrôle Kant, Claudel, des Grecs, plusieurs Allemands, des poètes et la plupart des grands esprits qui vont changer ma vie. Je ne suis pas mécontent que ma rêverie capricieuse m'ait jeté sur cette scène de jadis. Mais que dois-je y chercher ? Y trouver ?

Pour se lancer, le Professeur choisit une figure imposée, un incontournable, un *standard* initiatique, dont il se sert comme d'un cheval d'arçon pour bondir dans les célestes sphères. Il s'agit bien sûr de la mort de Socrate.

— Alors voilà, déclame-t-il, notre bon Socrate va mourir, la Cité en a décidé, il a bu sa ciguë, son âme va s'envoler comme un ballon gonflé à l'hélium, il prononce ses dernières paroles… C'est un grand moment de l'Occident, un point de bascule entre Athènes et Jérusalem… Un *prequel*, comme on dit à « Hollywoude », de la future crucifixion du Christ… Mais qui connaît les dernières paroles du christique Socrate ?

Dans la classe, il y a un garçon, un déjà savant qui était, je crois, descendant direct de Charles Péguy, un démocrate-chrétien reconverti bergsonien qui sait tout, et qui répond sur-le-champ :

— Socrate demande à ses disciples de porter un coq à Asclépios, son médecin…

Le Professeur jubile, il tient son champion, il l'enverra, c'est sûr, au concours général, mais il en exige un peu plus, il veut être sa sage-femme, l'accoucher, lui sortir du nez quelques vers métaphysiques.

— C'est plutôt bizarre, non, au moment de mourir de penser à envoyer un coq à son médecin ? Faudrait m'expliquer ça...

Le péguyste a bondi, il sait... L'antique, sa patrie, n'a plus de secrets pour lui. Il s'empresse de répondre...

— Les Grecs ne payaient leur médecin qu'après leur guérison... Or, Socrate pense que la mort est la guérison suprême, d'où le coq pour remercier Asclépios qui, en le laissant mourir, l'a définitivement guéri...

Le Professeur descend de son estrade, trébuche, cherche son paquet de Marigny alors qu'il a déjà une cigarette allumée au coin des lèvres, embrasse le champion péguyste, le bénit d'un vers emphatique de Valéry (« Ô récompense après une pensée... ») et l'étreint paternellement. Nous sommes au Portique, à Épidaure, à Delphes, au bord de l'Ilisos, l'avenir de l'intelligence nous attend, nous allons agrandir le monde, l'interpréter, le transformer, le rafraîchir, l'embellir, le réparer.

La Mort Visiteuse, sans doute informée de mon propre passé – se trouvait-elle déjà, assoupie, dans cette salle de classe d'autrefois ? –, n'avait donc pas tort d'en rajouter : puisqu'elle est la suprême guérison, n'aurait-il pas été plus sage d'accepter sa proposition ? Comme Michel... Ou, à tout le moins, de me préparer à l'accepter ? Aucune tragédie, aucune mauvaise surprise dans cette affaire. On naît, on meurt, on paye son médecin, rien à ajouter à cette routine. Devrais-je envoyer quelque chose au

Grand Ponte si je meurs ? Une photo dédicacée d'Amélie Nothomb ? Un coquelet ? Une gravure érotique ? Une paire de *slippers* ?

Quand le sommeil m'emporta enfin, Asclépios, de Gaulle, Socrate, le héros du maquis de Chartres, l'Acteur Célèbre, Péguy et quelques autres se mêlèrent dans une sarabande de nouveaux rêves. Tous se connaissaient. Plaisantaient. Ils faisaient partie de la même ronde sage et imaginative. Ils se penchaient ensemble sur mon cœur meurtri afin de m'apprendre à penser, à mourir, à traverser la nuit qui apporte à ceux qui rêvent un enchantement particulier – ainsi qu'une simplicité, une harmonie, que le jour sans rêves ne connaît pas.

Les heures passent. Je revis. Tom Hanks m'annonce qu'il est temps de réapprendre à marcher – il dit : « de me réconcilier avec la verticalité » – et m'entraîne courtoisement, sur un fauteuil roulant (moi, en fauteuil roulant... Je pourrais mourir si Vita, Archi ou Bernard me surprenaient ainsi infirme, déjà rongé, débris précoce...) vers la salle où des infirmières aident les convalescents à mettre un pied devant l'autre. J'obéis. Chaque geste exige des efforts monstrueux. J'ai le corps pierreux d'un gisant. Où est passée ma vie ?

Dans la salle, entre les machines, j'aperçois l'Acteur Célèbre. Il grogne. M'observe de loin. Insulte à la cantonade. Agresse les infirmières : « Ah toi, tu as des nichons comme j'aime ! » Ou : « Je peux les suçoter tes nichons ? » Parfois, il leur tend un doigt, son index, et d'un air égrillard : « C'est celui-là que tu veux, hein ? Allez viens, on va le mettre au chaud dans ton minou... »

On m'installe à ses côtés. Sur une machine qui doit remuscler mes jambes et mon dos en paille. Il me jette un regard mauvais, le plante dans mes yeux, gonfle sa poitrine immense et gélatineuse, soulève ses tétons rose porcelaine, si féminins, et déclame sur un rythme agressif – quoique très théâtre français :

... un homme de ma sorte,
Quand il se rend coupable, un peu plus haut se porte ;
Qu'il lui faut un grand crime à tenter son devoir,
Où sa gloire se sauve à l'ombre du pouvoir.

Puis avec un sourire complice à mon attention :

— Fortiche, ce Corneille, pas vrai ? C'était du *Nicomède*... D'un chiant pas croyable ! Mais ça me nettoie la gorge... Et depuis qu'ils m'ont charcuté, c'est le seul truc dont je me souvienne... Tout le reste, pfffuit-pfffuit, est oublié... Beckett, Tchekhov, Claudel, pfffuit-pfffuit et compagnie... Oublié ! Ça s'est noyé au fond de mon sac à merde... Très mauvais signe ! De toute façon, je sens bien que ma carcasse part menu menu en morceaux... Même mon ventre, ma cuve sacrée, c'est triste, elle s'est déchirée de partout… Je viens ici pour la forme… Pour le minou des infirmières, si elles veulent bien m'exciter encore une fois… Je vais crever, c'est sûr… Personnellement, ça ne me dérange pas, j'ai fait mon temps… J'aimerais juste bander encore un peu… Parce que quand tu bandes, je t'assure, le néant peut rien contre toi… Tu vas crever aussi, toi ? On dit que tu écris des livres… C'est bien ça… Tu as de la chance… Moi, j'en ai plus, de la chance… Fini ! Allez zou, on passe à aut'chose…

Il souffle. Grimace. Il a la haine. Un minotaure aux naseaux écumants. Un bouc rempli d'ail, de tanin et de méthane. La vie en lui bouillonne depuis trop longtemps. Un vieux ragoût. Je regarde ses mains épaisses, pileuses, rugueuses, constellées de fleurs de cimetière. Elles ont caressé les plus belles femmes du monde. Comment ce corps flasque et tonitruant a-t-il pu faire envie à toutes les biches, les graciles, les divines actrices qui ne se sont pas ennuyées dans son lit ? Qu'est-ce qu'elles lui trouvaient ? À moins que la solitude et la vanité, ne le savais-je pas déjà, mènent seules le bal des désirs – et quand ça n'est pas l'une c'est l'autre… Comme jadis Ava avec Françoise… Ce genre de choses, le fait qu'une beauté veuille s'offrir à une ou à un moins beau, on ne sait jamais d'où ça vient et combien de temps ça dure… Pour ma part, et toutes choses étant inégales par ailleurs, je n'ai jamais compris ce que certaines femmes trouvaient à certains hommes…

Il hurle soudain…

— J'ai mal, nom de Dieu! J'ai mal… À l'aide!

Des infirmiers tentent de le calmer. Le reconduisent à sa chambre. Le dernier regard qu'il m'adresse est plein de bave verdâtre et furieuse. Ses yeux exorbités sont rouge crépuscule. J'entends sa voix qui s'éloigne dans le couloir… Il se tourne vers moi, me crache une bordée de venin :

— Tu sais, je l'ai lu ton livre… Enfin, les premières pages… Quel chichi! De la branlette! Quelqu'un l'a oublié dans ma chambre, le médecin chef sans doute… Comment peut-on écrire des conneries pareilles? Ta Blanche, c'est juste une salope… Ça se voit tout de suite… Des filles comme ça, crois-moi, c'est pas un cadeau… Elle baisait bien, au moins?

J'entends encore sa voix qui s'éloigne dans le couloir.

— … Et alors, ce minou, tu me le montres, nom de Dieu?

J'apprendrai plus tard qu'il est mort dans la nuit en insultant son infirmière. Il a hurlé, lâché un énorme pet, basculé au fond de sa « cuve sacrée »…

Tom Hanks est bouleversé.

Les paparazzi ont installé des tentes avec buvette et antenne télé devant la clinique.

Le Grand Ponte a prévu de se rendre à l'église Saint-Roch pour les obsèques. Il aimerait bien qu'on lui demande de prononcer quelques mots à cette occasion. Il craint cependant d'être relégué par des *socialites* plus fameux et dissimulés derrière leurs lunettes noires et leur affliction professionnelle.

J'avais été inexplicablement remué quand l'Acteur Célèbre avait tendu son index à l'infirmière. Pas pour ses obscènes paroles d'accompagnement. Ni pour son fatal épilogue de la nuit suivante. Mais parce que ce geste, cet index, cette indécence, cette violence d'homme entraient en enfantine résonance avec une scène coloniale toujours présente en moi. Une scène très primitive. Plus ou moins fondatrice de ma préhistoire, enfouie et soudain revenue depuis qu'on avait voulu réparer mon cœur.

Ça se passait sous le soleil tueur d'outremer.

J'en tremble encore.

Ce jour-là, un jeune Arabe misérable et fier, un gaillard noueux, sans doute un berger, jette un regard furieux vers le conducteur de la Thunderbird qui vient de l'éclabousser.

Mon père n'a pas tenté d'éviter la flaque d'eau noirâtre. Il est pressé de m'emmener au bord de la mer où il pourra faire le beau tandis que je jouerai sur la plage. Son indifférence ne se veut même pas méprisante, il est le maître voilà tout, le seigneur local à jamais impuni, il a le droit d'agir comme bon lui semble sans se soucier des infimes créatures qui ont l'insolence de ne pas s'écarter de son chemin.

Mais le berger, peut-être déjà rebelle patriote terroriste insurgé allez savoir ou déjà tueur de colons blancs, ne l'entend pas ainsi. Il lâche aussitôt sa bordée d'injures. Lève son bâton, un sceptre de pacotille peu terrifiant. Frappe d'un coup sec la rutilante carrosserie dont la tôle immédiatement s'incurve et s'écaille.

Le malheureux venait à la ville pour y vendre sa maigre récolte de pommes. C'est par malchance qu'il a croisé le chemin d'un faux Gregory Peck qui au même instant traversait la grand-place avec son fils, moi, à ses côtés.

Mon père est furieux. Il ne supporte pas l'arrogance autochtone, prend l'affaire pour une agression, une menace, un inadmissible défi qui engage l'honneur de la France *allonz'enfants*… Il bondit alors comme un diable de sa voiture. Bouscule le berger qui refuse audacieusement de baisser son regard en feu. Mon père doit alors en finir avec tant d'insolence, c'est un homme bon sang, manquerait plus qu'il se laisse humilier devant son fils, il brandit alors l'index de sa main droite, un doigt puissant onglé musculeux dont il est particulièrement fier car, c'est son numéro classique quand il veut épater la compagnie, il est capable, en glissant cet index dans le canon d'une carabine, de la soulever en chantant une marche militaire. Alexandre Dumas faisait la même chose dit-on, succès garanti, mon père a une force de taureau, tout le monde sait ça.

Donc, il brandit son index et le plante furieusement, oui, comme un pic à glace, dans l'œil insolent du berger qui hurle de douleur, trébuche, s'effondre, se reprend, se saisit d'un couteau dissimulé sous sa djellabah, se jette sur mon père qui l'esquive. L'œil de l'Arabe a giclé comme une bille d'agate. La foule s'interpose. Attroupement. Police. Grondements. Mon père est innocenté sur-le-champ. Les hautes autorités ont accouru, y compris le sous-préfet, tous le protègent, lui présentent mille excuses, embarquent le berger insolent coupable comment pourrait-il en être autrement, c'est la guerre Monsieur, faut pas trop s'énerver, avec les bergers on sait jamais, ils peuvent se venger par-derrière, ou vous égorger comme un mouton. De toute façon, c'est légitime défense, etc. Il remonte dans la voiture. La boue a sali l'ourlet de son pantalon de lin.

L'œil du berger expulsé de son orbite pendouille un peu à cause du nerf qui le retient. Un chien sautillant et galeux voudrait l'engloutir, n'y parvient pas, s'enfuit en aboyant. Pas question de gâcher la journée à cause d'un futur déjà terroriste qui abîme la carrosserie d'une belle voiture rutilante et américaine.

On reprend enfin la route de Paradis-Plage. Mon père ce jour-là aurait pu tuer l'Arabe sans le moindre problème moral. Il avait d'ailleurs ouvert la boîte à gants pour y prendre son 7,65 toujours disponible et chargé. Mais il avait vu mon regard d'effroi. Ça l'avait calmé.

Le plus étrange, sur le moment, c'est que je m'étais mentalement arrangé pour admirer le geste dément de papa. Il m'avait protégé, pensais-je. Cette protection qui rendit invulnérable et douillette toute mon enfance et que rien, jamais, et pourtant ça aurait pu, ne disqualifiera par la suite.

Plus tard, lisant *L'Étranger* pour la première fois, je m'étais persuadé, au mépris de toute vraisemblance chronologique, qu'Albert Camus s'était certainement inspiré de mon père pour écrire son roman. Ce qui n'avait guère de sens bien sûr. Mais dans ma tête jugeuse mon père *aurait pu* être le héros de ce roman dont l'intrigue m'a toujours paru invraisemblable puisque dans cet outremer un colon n'est jamais condamné à mort pour avoir tué un Arabe.

Ma mère haïssait cette violence. Et ceux qui la glorifiaient. Elle obéissait à mon père herculéen mais n'en pensait pas moins. Qui sait au demeurant si elle ne m'a pas prénommé Jean-Paul pour rendre hommage à ce Sartre alors inconnu de moi mais pas d'elle, qui dénonçait les colons plus ou moins racistes comme mon père. Telle fut par mon innocent truchement son unique rébellion d'épouse douce et pacifique.

Avant le soleil miniature et mon cœur brisé, avant ma poitrine tranchée comme celle d'un coquelet, j'avais signé un traité de paix perpétuelle avec mon corps.

Je lui accordais d'immenses pouvoirs. Il me respectait en retour. Notre alliance profonde, distribuant des libertés profitables à chacun, décidait de tout. Mon corps se réservait certains plaisirs. Mon esprit s'en arrangeait tout en voyageant à sa guise parmi ses propres fantaisies.

J'aimais cet ordre naturel qui faisait l'harmonie constante de ma vie. Aucune volupté ne pouvait alors rivaliser avec celle qui m'envahissait chaque matin quand je m'éveillais à l'intérieur de moi-même. J'y songe désormais comme à un paradis perdu – à jamais ? Qui peut le dire ?

Dans ce paradis perdu, j'accueillais chaque jour avec un absolu contentement. Je goûtais ma salive, j'écoutais mon souffle, je guettais le mystère des quelques instants compacts et non successifs qui précédaient mes premiers mouvements. J'étais heureux surtout de ne pas m'être réveillé dans la peau de tel ou tel dont le corps inamical, la sale gueule, le poil fourbe, la fétide haleine morale, me répugnaient. Cette imagination rehaussait ma volupté. J'étais heureux de respirer et d'exister en moi à ce moment précis du temps.

Je suivais alors un rituel immuable : je récupérais un à un mes sens encore brouillés. J'appréciais sans hâte cette giclée de présent absolu, enchaînée à elle seule, sans avant ni après. Dans ces moments-là, j'observais mon corps depuis son dedans, comme un intrus, grâce à des yeux particuliers et peut-être enfouis dans les environs de mon plexus, de mes reins, de mes entrailles. Me procurant l'acuité d'un nageur de grands fonds, ces yeux m'aidaient à balayer en silence l'envers de la membrane qui m'enveloppait. Espions fiables, ils relevaient moins de ma physiologie que d'un état d'esprit, d'un art désinvolte de la mise à distance, acquis je ne sais comment et prêté pour un temps. J'aimais cette aptitude matinale à me détacher de moi. Si je devais la perdre, un jour que je souhaite le plus lointain possible, je sais que mes yeux particuliers offriront leurs services à un jouisseur plus intelligent. Et je redeviendrai aveugle. Ou triste. Ou déserté.

Plus tard, quand je remontais de ce monde intérieur par paliers, la vie me semblait toujours plus neuve. J'écoutais chacun de mes organes. Je constatais avec satisfaction qu'aucun d'entre eux ne songeait à me faire souffrir. Je les assurais en retour de ma gratitude. Puis je m'en remettais aux premières associations d'idées qui, à mesure, commençaient à clapoter sur ma conscience. Ça n'était, au début, que des vaguelettes bienfaisantes qui enflaient, exagéraient, clignotaient, s'emportaient, s'apaisaient. Je consentais avec plaisir à leur ressac, ignorant tout de la destination, de l'impasse, du vaste horizon, du vertige qu'elles me promettaient.

Je ne savais tout compte fait qui remercier pour ce contentement sans cesse renouvelé. Dans le doute, j'envisageais successivement de rendre grâce à Dieu, au Hasard, à l'heureuse bifurcation qui m'avait façonné tel que je suis, ou au *clinamen* qui aurait favorablement infléchi mon sort. Mais, dans ma vision des choses, Dieu n'existait plus, je me méfiais du Hasard. Et a-t-on jamais vu un homme raisonnable se prosterner devant un *clinamen* ou une bifurcation ?

Ce qui plaisait à Blanche: tel était donc le titre du roman qui avait excité le Grand Ponte et sa maîtresse-trophée.

Ma prose chantournée, cambrée, très *petit marquis*, y roulait sans gêne ses mécaniques. Elle y exhibait aussi ses minimes biceps avec l'intention, mais oui, mais oui, de convoquer le grand souffle d'un passé classique en l'accordant à des coquineries pour femmes et mâles modernes. Le programme était périlleux. Il risquait de déconcerter le lecteur vieux jeu tout en chagrinant l'ami des formes nouvelles.

J'avais donc mis au monde, sans le vouloir, un machin classico-baroque et déceptif sur tous les fronts.

Mon seul bénéfice : je reçus, de lectrices désœuvrées, plusieurs propositions excitantes auxquelles je n'exclus pas de répondre un jour si je redeviens pleinement vivant.

Mon éditeur, Olivier – un pur, plus honnête tu meurs, un cœur intelligent modeste, un suzerain *old school* toujours prêt à sortir sa rapière pour protéger sa tribu – m'avait prévenu :

— Trop de riches dans ton roman... Sans compter ces cartes postales, ces décors friqués, ces raffinements... Ne pourrais-tu pas y ajouter un peu de banlieue, du sordide, du boueux ? Avec des pincées de ciels gris et bas ? Sans oublier quelques infortunés saupoudrés ici là pour montrer que tu restes solidaire de tes contemporains moins favorisés...

Il s'échauffait. Je le laissais dire. D'autant que, le connaissant d'assez près, je savais que nous n'étions jamais très éloignés...

— ... c'est ça, oui, avait-il repris avec une conviction relative et très professionnelle, rajoute un peu de taudis, des chairs tristes, des peaux blêmes, des filles indociles, des hommes tragiquement hétéronormés... Là, tel quel, tu vas à l'abattoir... N'oublie pas que les jansénistes ont pris le pouvoir sur les ondes, sur le papier, les modes, les corps, dans les têtes... Ils veulent du morose en désordre, des grandes surfaces, du glauque, et toi cher irresponsable tu les balades chez les heureux du monde, dans un parc à la française, parmi tentures, jet set et bois dorés... Ça, c'est plus possible...

Se faisant plus grave, enfin :

— ... Ajoute qu'il faudrait surveiller ta façon de parler du beau sexe, ah oui, parce que c'est plus comme avant... Maintenant, on ne séduit plus, on déconstruit, on souffre, plus question d'écrire sans ménagement ni d'oser la perversité... Pardonne-moi enfin de te le dire aussi brutalement mais tes personnages sont trop propres ! On ne les voit pas manger ni ronfler, ils se la coulent douce à Capri et au Palais-Royal, toujours en fringues *high quality*... C'est pas bon tout ça... Tu me fais peur... Tu crois peut-être que les nouveaux Grands Inquisiteurs vont laisser passer ces manquements à la morale publique ?

J'avais eu envie de répliquer à l'ancienne, en altitude à peine prétentieuse.

Envie de préciser qu'on a le droit après tout de décrire la société qu'on connaît... Que le tourisme social, juste pour être *in the mood*, c'était répugnant, immoral et réservé à la canaille qui veut faire recette...

Quant aux héros et héroïnes, Olivier savait mieux que personne qu'on peut leur concéder un peu d'intimité... Qu'il est même admissible de les laisser tranquilles dans leurs intrigues, de ne pas les surprendre systématiquement en indiscret voyeur quand ils se nourrissent ou font leurs besoins... À quoi bon franchement les mater au milieu de leurs trafics de nécessité ?

Olivier savait tout ça.

Il avait alors repris son souffle. S'était levé. M'avait ouvert ses grands bras d'homme albatros sage et connaisseur de l'espèce. Avant de conclure :

— Cela dit, si c'est bien ça que tu voulais faire, si tu es à l'aise avec tes mignardises, si tu y crois, si tu y tiens, si tu y as injecté disons dix quinze pour cent de ton âme véritable...

— Même plus, beaucoup plus, avais-je répondu...

— Alors, on les emmerde tous ! Et moi je te suis, *perinde ac cadaver*... Je ferai jésuitiquement taire les vipères et les coincés... J'irai leur péter la gueule, si besoin... Tu peux compter sur moi... Ça m'amuse et j'ai besoin d'exercice...

Finalement, tout se déroula comme Olivier l'avait prévu.

Ma *Blanche* fut reléguée oubliée bannie escamotée dans sa vicieuse alcôve.

Quelques bienveillants relevèrent mes meilleures fusées rhétoriques tandis que les gros bataillons s'en moquèrent. Mes phrases rondes comme des galets moralistes et obsolètes, trop pleines d'accords majeurs, achevèrent de me discréditer – sauf dans deux ou trois chapelles conservatrices.

Les uns me louèrent pour de mauvaises raisons.

D'autres me reprochèrent des défauts que je n'avais pas.

Du jour au lendemain, des médisants médirent. Des amis de trente ans s'évaporèrent. Des mondains y allèrent de leurs griffures. Des jaloux de toujours en profitèrent. Des alliés fragiles passèrent à l'ennemi avec armes, bagages, coups bas, pif, paf, pif.

Mon petit monde me fit comprendre qu'il était temps pour moi de tourner cette page.

La présence d'Aragon, qui jouait les vedettes américaines de mon tour de chant, ne changea rien à ce cocktail de petits et de grands ratages.

Dans la part commerçante de mon esprit, ce roman, avec ses scènes explicites, devait pourtant toucher son cœur de cible – mais il n'en fut rien. Ma *Blanche* et ce qui lui plaisait passèrent largement à côté en dessous au-dessus des masses liseuses, lesquelles n'y virent que du feu au cul.

Il n'en fallut pas davantage, je crois, pour gâcher mon plaisir d'automne et hâter, parmi d'autres causes peut-être plus redoutables, la transformation de mon aorte en gorge de pélican...

Si je reviens sur cette affaire narcissiquement douloureuse ce n'est pas par vanité, ni par vaine obsession d'un moi-je avec lequel je n'entretiens plus il faut me croire la moindre relation diplomatique.

C'est plutôt parce qu'une part de ce que j'étais, sans prévenir, est morte avec le demi-naufrage de ce mélo cérébral et sexuel.

Les femmes du monde avaient applaudi. Les hommes s'étaient méfiés. Les critiques m'avaient loué ou enterré en grande pompe. Mais personne n'avait vraiment lu.

Comme d'habitude.

On m'a cisaillé le thorax au moment même où mon héroïne faisait ses premiers pas dans le monde.

Impossible depuis, surtout pendant mes nuits également blanches, de dissocier mon cœur brisé de cette créature plongée dans un téléfilm d'ambiance tout en faux marbre et conforme à mon tempérament italo-précieux.

J'avais compris : c'est écrire et rêver romanesque classique bien peigné dans époque qui ne l'est plus qu'il aurait pas fallu. Si je persiste dans le devenir-écrivain (mon cerveau archaïque rigole franchement) je tâcherai de composer avec d'autres sons. Tout est possible.

Vita, par chance, aimait mon roman. Pas prude, elle m'avait même un peu conseillé sur tel ou tel détail de jouissance féminine. Mon imagination lui donna des idées. Je découvris une femme avec laquelle il était envisageable de partir à la chasse au tigre. Enfin, elle s'amusa beaucoup à l'idée qu'on puisse la confondre avec cette héroïne échangiste et amie de tous les sexes. Jamais, jamais, elle ne me demanda de quelle femme je m'étais inspiré pour raconter cette histoire. Le savais-je moi-même ?

Le Grand Ponte m'avait prévenu :

— Quand on tripote le cœur, ça a toujours des conséquences morales, quasi philosophiques... Il est même fréquent, en sortant du bloc, de ne plus être celui qu'on était en y entrant... Sur tous les plans... Intime, physique, idéologique, mystique... Vous pouvez être réactionnaire quand je commence à cisailler et ressusciter dans la peau d'un anarchiste quelques semaines plus tard... Même chose pour le sexe et le caractère... Ça se joue dans les profondeurs, on sait pas trop comment, mais c'est ainsi... Alors, faudra surveiller tout ça, hein, vous me tenez au courant de vos oscillations, vous me dites par exemple si vous avez l'intention de voter pour un type qui vous dégoûtait avant, ou si vous avez envie de coucher avec un partenaire très inhabituel pour vous, et ainsi de suite... Moi, j'équilibrerai votre tempérament en dosant mes médications post-opératoires... Sauf bien sûr si ça vous plaît de devenir quelqu'un d'autre...

Il n'a pas tort : depuis le réveil, mon cœur fait un vacarme inédit. Un tam-tam sauvage et sourd. Un bruit de rageuse cavalerie galopant au loin. Je reconnais le son mat résonnant et bien centré du soleil miniature sur le tamis de ma raquette mais cette fois ça se passe au-dedans de moi... Impression d'abriter un geyser,

« une fontaine aux rythmiques sanglots »… Je vois mon sang bien rouge éjaculé par le ventricule désormais plus souple qu'une crème fouettée. Il se jette, ce sang, dans l'aorte si fière de sa nouvelle vaillance bien bouturée par la rustine de porc, et il déboule sur le cerveau dont chaque parcelle devient sur-le-champ plus irriguée qu'une rizière ou un jardin anglais. Aussitôt, les idées et représentations qui naissent dans cette zone se sentent autorisées à prendre des formes chimériques. Quand l'oscillation tam-tam est à son maximum sonore, je peux voir la tête de mon cher LesVies entée sur le corps de M. Rachid, le tatouage de mon second fils enlaçant le poignet de Proust, un vaporisateur de ventoline planté dans la caverne oculaire du berger arabe, les deux « V » de Violante et de Vita n'en faire plus qu'un… De temps à autre, je dois secouer ma tête pour remettre de l'ordre dans ce bal masqué décomposé fantasmagorique. Ça secoue. Impression d'aller au cinéma sans sortir de ma tête. La folie n'est plus très loin.

Tom Hanks me rassure :

— N'ayez pas peur… C'est toujours comme ça après l'opération… Ça va se calmer… Dans quelques mois, ce tintamarre mental cessera… Profitez-en maintenant… Je suis sûr que pour un écrivain il y a des choses à prendre dans ce feu d'artifice…

J'avais donc été « vivant-mort ».

Dans la bouche du Grand Ponte, c'était un état quasi normal. Une émulsion stable et peu métaphysique. Un oxymore de croisière. Comme douce violence, silence assourdissant ou obscure clarté.

Cette compression verbale bien excitée par le sang du diable s'était pourtant mise à bourdonner autour de moi. Nuée de frelons à elle seule, elle avait fait irruption dans ma tête, agité mes tempes, encouragé ma pensée magique toujours si prompte à s'échauffer pour n'importe quoi.

Avais-je été *un peu mort* ? Que devais-je faire ou penser de ce trépas provisoire ? Quelle leçon tirer de cet aller-retour dans le néant ?

Le plus singulier d'un strict point de vue biographique, c'est que cet oxymore et moi nous nous connaissions déjà.

Une vieille fréquentation.

Disons par ouï-dire.

Ce qui signifie : nous nous étions déjà croisés, jadis, sans savoir que cette brève rencontre aurait dans ma vie une importance non sans rapport, fût-il indirect, avec les peines de cœur qui m'avaient jeté dans un bloc opératoire. Chaque cause a ainsi une conséquence qui à son tour devient cause. Le tout, c'est de repérer le point de départ.

En l'occurrence, ça avait commencé, un samedi matin, dans un coin perdu de la Sorbonne.

J'avais à peine plus de vingt ans.

Dans le halo de ce jour lointain, il pleut sur Paris et je suis désœuvré. Je dois retrouver Lévy-LesVies vers midi dans un café du quartier. La Sorbonne est déserte. J'erre dans ses couloirs remplis d'odeurs adolescentes. Je décide finalement de m'installer dans une salle presque vide et d'y attendre à l'abri l'heure de mon rendez-vous.

Je pousse une porte, c'est un amphithéâtre peu fréquenté, presque à l'abandon, embelli pourtant par des fresques de Puvis de Chavannes où l'on voit des bergers, des ânes, des joueurs de fifre, des moutons joufflus comme des nuages sculptés par le vent.

Il y a là un vieux professeur. Il a un faux air de capitaine Achab, je ne connais pas son nom, il pérore d'une voix provençale au milieu d'un auditoire restreint qui l'écoute avec un respect pré-soixante-huitard. Beau visage d'embruns, cheveux d'écume, col ouvert, allure de baroudeur délicat, il lance des phrases énigmatiques et joyeuses sur la naissance de la géométrie, l'entropie, le dieu Hermès, le big-bang, les trous noirs, les paradoxes éléates. Les formules crépitent jaillissent fusent. Il a une bouche chantante. Son intelligence fait trembler les fresques nuages. C'est une buée lumineuse. Il est savant, narquois, éloquent. Allume de grands feux de joie en frottant Parménide contre Zénon, le Second Principe contre les monades de la *Théodicée*. Les Cyniques contre l'impératif kantien. Et c'est là, soudain, qu'il raconte la fable quantique et fameuse du chat de Schrödinger.

Je n'ai jamais trop compris cette fable, surtout pas ce jour-là, mais c'était amusant. Car ce Schrödinger, un prénommé Erwin plutôt farfelu, avait en son temps conceptuellement placé un chaton dans une boîte équipée d'une fiole de poison et d'un petit marteau mû par des ondes aléatoires. Si la fiole se brisait, le chaton mourait aussi sec. Si elle ne se brisait pas, le chaton était vivant. Son destin dépendait ainsi de vibrations imprévisibles qui, selon leur caprice, pouvaient déclencher ou retenir le mouvement d'un destin indécis. D'où le paradoxe selon lequel le chat était, tant que durait l'expérience, à la fois *vivant* et *mort*. Impossible de savoir…

J'avais donc été moi-même, pendant 155 minutes, cet abstrait chaton… N'étant ni là ni ailleurs, mais défunt ressuscité, j'avais flotté entre deux mondes et m'étais perdu dans la nuit des morts-vivants. Bernard n'avait pas tort de me rappeler ce précédent lors de sa visite nocturne. D'autant que, le retrouvant un peu plus tard ce jour-là dans le bistrot où nous avions rendez-vous, et alors que j'étais plus exalté que de raison, il m'avait interrompu :

— Allons, je ne peux pas croire que ce petit chat vivant-mort suffise à te mettre dans cet état… On s'en fiche pas mal des ondes quantiques… Et ce Schrödinger n'est qu'un sophiste… Dans la réalité réelle, la seule que nous fréquentons toi et moi, n'importe qui peut savoir si un chat est vivant ou mort… Cette fable à dormir debout ne concerne que le monde invisible, c'est-à-dire le monde que nous n'habitons pas…

Il boit son thé. Grignote quelques allumettes. Jette un œil furtif sur les filles qui roucoulent à proximité. Revient à la charge :

— Je te trouve bien excité… Ne me dis pas que ce chaton vivant-mort te fait tant d'effet… Que s'est-il vraiment passé dans cet amphithéâtre ? Tu me caches quelque chose…

Bien sûr, il y avait autre chose.

De haute et puissante conséquence.

Une intersection majeure de deux séries causales et indépendantes.

Autrement dit : un carrefour de la vie.

Pendant que je m'initiais au vivre-mourir du chaton, mon regard tomba, au premier rang, juste sous le nez du capitaine Achab, sur une fille éblouissante. Elle était blonde, avec une peau et des jambes américaines, des lèvres prometteuses, des cheveux dont le parfum, que je humais à distance, était enivrant. Le type même de fille qu'on a toujours déjà rencontré dans un film d'Elia Kazan ou de Douglas Sirk, une fille tornade, une flamme, une arme de guerre.

Le professeur l'appelle Kate. Donc elle s'appelle Kate. J'apprends qu'elle arrive du Colorado pour étudier la littérature française, l'histoire des sciences, le russe, même le chinois, le piano, peut-être la cuisine ou la danse. On ne blague pas. C'est le genre de fille qui veut tout et qui a les moyens cérébraux de se l'offrir. Elle finit par me sourire. Son profil m'excite. Le bonheur existe.

— On se calme ! On se calme ! m'interrompt Bernard. Une Américaine qui vient à Paris pour faire tous ces trucs, c'est louche, crois-moi...

Bien entendu, je ne tiendrai aucun compte de sa mise en garde, je reviendrai le samedi suivant, et celui d'après, et ainsi de suite jusqu'à ce que la fille américaine me jette un début de regard.

Un samedi, elle me permet d'allumer sa cigarette... Elle pose des questions intelligentes... Elle cite Marx, le *Dasein*, Freud, Ferdinand de Saussure et les chansons de Cole Porter... Trois semaines plus tard, elle accepte mon invitation à déjeuner... Je me montre sous mon jour romantique *cool* étincelant, je fais le galant, elle m'observe avec ironie. Elle a déjà compris que nous allons coucher ensemble...

À cet instant, je ne pense qu'à respirer son odeur intime, à embroussailler ses cheveux, à l'étreindre sauvagement. Des pensées prévisibles qui n'ont pas l'air de l'horrifier. Je ne sais même pas qui elle est. Ni qui elle sera. Et réciproquement. C'est ainsi l'amour. On se jette dans le vide et on voit après.

Or cette fille, toujours à cet instant, je ne sais même pas qu'elle sera la mère de mon premier fils – celui à qui je ne parle plus.

Mais ça nous mènerait où, s'il vous plaît, si on connaissait à l'avance les conséquences de nos désirs ?

Bientôt la vie revient.

Mon cœur a rajeuni. Il s'accorde à un regain d'allégresse. Il accueille des battements plus suaves mieux rythmés. Mon sang vivement pulsé le traverse avec la fougue d'un torrent de printemps. Offensive de la joie d'être. L'air neuf disperse la mélancolie, les souvenirs maîtres-chanteurs, les douleurs de vivant mort. Mon corps se dit qu'il en a encore pour trente quarante ans. J'imagine mon aorte en chemin de guérison et de belle vigueur. Elle doit ressembler aux gros tubes repeints en rouge-bleu qui s'enchevêtrent sur les façades du Centre Pompidou. On espace bientôt les injections de morphine. Puis on les supprime. Adieu adieu merveille des merveilles ! Béni sois-tu, ô sang du diable paradisiaque ! Ô substance mirifique ! Adieu doses seringues adieu volupté divinement toxique ! Vous êtes là, à jamais accessibles en cas de malheur. C'est précieux tellement de savoir que la félicité la plus pure se tient à disposition. Comme l'été que j'aime tant et dont j'ai fini par comprendre que, même dans le plus âpre des hivers, il n'est jamais qu'à quatre ou cinq heures d'avion.

On débranche quelques électrodes. Les sismographes de mon cœur surveillé s'éteignent. Tom Hanks change mon pansement avec un soin fraternel. À l'aide d'un miroir, il me montre la cicatrice qui divise ma poitrine du bas de la gorge jusqu'au plexus. C'est un oued. Un sillon sculpté dans la peau et tuméfié sur les bords. Un « i » arrogant, abrupt, fermement cousu comme un ourlet ou un bouton. Une voyelle *pourpre sang craché* comme dit Rimbaud dans son obscur sonnet magnifique avec, en guise de point sur le « i », un petit nœud de méticuleuse dentellière.

Cette lettre, ce « i », je m'en suis toujours méfié. Trop raide. Avec son allure de glaive vengeur, ses « ivresses pénitentes », son arrogance trancheuse, sa sonorité trompeusement italienne. Elle ressemble, cette lettre cicatrice, à un tableau spatialiste du Lucio Fontana qu'Archi vénère au motif qu'il est né comme lui en Argentine, que je n'apprécie guère depuis que ma poitrine ressemble à ses toiles incisées, griffées, balafrées. Je traverserai le reste de ma vie ainsi lacéré. Avec sur ma peau inscrite cette première lettre d'un mot – Irréversible, Infini, Inutile, Idéal, Impossible, Illusion, Indéchiffrable, Initiation, Intention, Ignoble, etc. – que je ne devine pas et qui, connu de mon seul destin, décidera peut-être de la suite de ma vie. J'attends. Je guette. Impression de m'installer dans une temporalité inédite et toute imprégnée d'avant-après.

Michel ne vient plus bavarder avec moi.

La Mort Visiteuse a dû lui expliquer que je n'étais pas prêt.

Lors de notre dernière rencontre fantasmagorique, il venait de composer en mon honneur une ballade très *groovy* qui portée par sa voix modulante aurait pu encore s'intituler *Heartbreak Melody* s'il ne s'était souvenu à temps que le divin Elvis avait déjà préempté tous les *Heartbreak* passés présents à venir.

— Tu sais, me dit-il d'une voix ouatée en exil, on oublie l'essentiel dès que la mort impose son *tempo*... Ça n'est pas plus mal en vérité car sans ces fuites de mémoire on aurait trop de douleurs à cause des aimés encore vivants qu'on ne peut plus toucher...

Il s'était ensuite installé sur un coin de table pour me gribouiller quelques couplets rapides à moi seul destinés afin de solenniser la circonstance. À la suite de quoi, empruntant les corridors du temps, il m'avait expédié l'ensemble qui m'avait ébloui par sa finesse gracieuse et son charme infiniment musical. J'aurais voulu conserver ces rimes ces mots ces notes mais c'était impossible car ce que je lisais et entendais se dissolvait immédiatement dans l'air comme dans un fameux film fellinien, ces fresques découvertes depuis une seconde par des ouvriers travaillant dans le métro de Rome – et aussitôt dévorées par l'oxygène. Michel m'avait alors demandé de lui composer en retour quelques couplets de mon cru, comme si je m'y connaissais dans ce genre d'écriture, comme si nous marchions ainsi qu'autrefois sur les chemins qui longent la mer entre Houlgate et Honfleur. Je m'étais exécuté. J'avais esquissé des vers de mirliton dont je me souviens à peine. Je les reproduis ici sans honte ni fierté comme s'il s'agissait d'attraper une bulle d'air qui a jadis existé dans un temps parallèle.

Je suis vivant, pas toi
T'es dans l'au-delà, sans moi
Et tu me dis
Depuis ton paradis
Profite, profite, profite…
On se retrouvera
Là-haut, ici, là-bas…
Cœur joyeux, cœur explosé
Parti envolé loin away
T'as pris la fuite, la fuite, la fuite…
Pourquoi mourir ensuite ?
Please s'il te plaît
Ne m'oublie jamais
Et reste ange à mes côtés

Envie de lire. De me retremper dans la grande prose rédemptrice. De revenir à la beauté, à l'intelligence, aux mots. De remonter à la surface depuis les grands fonds.

La fantomatique Françoise, que je croyais retirée dans ses appartements posthumes, surgit aussitôt.

Elle porte sa robe noire de toujours et les deux rangs de perles qui ne la quittent plus depuis son bref mariage avec Guy. Désinvolte, délicate, elle me prescrit à tout hasard plusieurs doses de Marcel matin midi et soir, je m'exécute sur-le-champ. Bonheur de retrouver Swann, Saint-Loup, Albertine, Rachel, Charlus. Ils sont tous heureux de s'engouffrer en moi par les yeux, le rire, la pensée. Ils se sont si amicalement souciés de ma santé – bien qu'ils aient déjà pas mal à faire avec celle de leur Créateur. Je les rassure. Nous allons ensemble ardemment revivre. Marcel a toujours su être présent dans les moments importants de ma vie. Il est mon seul ancêtre protecteur.

Au même moment, Vita nous rejoint, salue Françoise (mais comment est-ce possible ?), se mêle à notre conversation, dépose sur ma table de chevet quelques-uns des vient-de-paraître qui ont surclassé ma pauvre *Blanche* au *box-office* de la rentrée littéraire.

Françoise feuillette l'ensemble, renifle, picore, arrondit ses sourcils, se promène à travers des pages pleines de rhétorique moderne.

Ici, la saga d'un yogi qui se fait ôter ses côtes flottantes afin de s'initier aux délices de l'autofellation.

Là, l'histoire d'une provinciale transgenre qui *monte* à Paris avec la louable intention de s'imposer dans la variété.

Ailleurs, très efficace, l'épopée d'un équipage d'Airbus adepte d'une forme inédite et aérienne de satanisme...

Je dois m'y faire : mes contemporains écrivent désormais des choses bizarres. Ils aiment la souffrance. Leurs héros sont des victimes. L'éthique Port-Royal gagne du terrain. Est-ce bon ou mauvais signe ? En tout cas : se tenir prêt. Repérer les maquis. Identifier les membres du réseau. Il n'est pas impossible qu'on ait besoin de filer à l'anglaise le moment venu.

Françoise hausse les épaules :

— Ces écrivains ont du charme, me dit-elle. Ils ont l'audace que je n'ai jamais eue... Je leur envie surtout la magnifique absence de scrupule qui permet de foncer dans les mots, dans l'émotion sucrée, dans le compliqué à la mode, dans le vice bien glauque et quotidien, dans la fresque mécaniquement émotive... Faut des dons pour fabriquer cette musique-là...

Elle marmonne. J'aime son *mezza voce* qui ne dit ni oui ni non.

Je lui réponds respectueusement.

— Je vous comprends, chère Françoise... Mon propre idéal, au début, c'était l'épique...

— Toi, l'épique ? Je suis surprise mon coco...

— Oh, oui, l'épique, les roulements de tambour, le vacarme historique, les peuples en mouvement... J'aurais aimé, tellement, savoir manipuler des couleurs d'incendie, d'oriflamme, de clairon, de sang, de grenadiers chargeant au sabre... Fabriquer du grand spectacle romanesque avec hurlements tolstoïens, sueurs malapartiennes, actes de bravoure balzaco-hugoliens, anecdotes viriles conradiennes, puissantes masses entraînées dans le sens de l'histoire marxo-hegelienne…

Françoise est sceptique :

— Et ça aurait donné quelle musique ce grand orchestre ?

— Je prends un exemple : juillet 1943, l'armée américaine débarque en Sicile, ouvre un second front en Europe, remonte vers Rome, décrivez…

— Et pourquoi t'as pas fait ça si t'en avais envie ?

— Parce que je n'avais pas le souffle… Parce que je n'avais ni l'envergure ni la grosse caisse pour faire concurrence au cinéma, à la télé, aux productions à gros budget… Il m'a alors fallu, par sage constat d'insuffisance pneumologique, me reconvertir dans le polissage de mignardises pour *happyfiu*, dans le concert d'épinette et le parquet Chantilly, c'est comme ça, je n'y peux rien… Je me suis donc rabattu sur le *vibrato psycho moderato*, faute de moyens…

Françoise essaie de me consoler. C'est sa spécialité, la consolation…

— Qui sait si ton ami Grand Ponte n'a pas changé tout ça en farfouillant dans ton thorax…

— Oui, c'est possible…

— Moi, ajoute-t-elle, si tu me permets d'être immodeste, je trouve que j'ai toujours eu un peu plus de talent après chacun de mes séjours en clinique… Il paraît que les opérations, ça peut tout changer dans la nature des opérés, dans le style des romanciers survivants…

— Oh oui, je crois que vous avez raison… Quand j'étais éditeur, j'avais même rencontré un type qui n'écrivait que des romans pastels et mous, parfois effroyables et qui, après un accident cardiaque et ses suites chirurgicales, m'avait apporté trois cents pages captivantes, sèches, de haute pureté cristalline. Je vais surveiller mon éventuelle métamorphose…

Françoise est de cet avis.

Qui sait si elle-même revenant encore une fois n'écrirait pas comme Marcel à qui elle avait emprunté son pseudo et qu'elle vénérait absolument ? C'était son rêve. Et vu que maintenant elle est tout entière rêverie, rien n'interdit de penser que…

Avec le style, il n'y a pas de règle.

C'est ça qui rend l'affaire intéressante.

Archi, au téléphone.

Il est au Japon depuis quelques jours. Très énervé. La fille qui l'accompagne le déçoit chaque jour davantage.

— Elle ne sait pas m'aimer, dit-il.

Comme toujours, il rebondit en témoignant beaucoup d'intérêt à l'interprète sexuellement attractive qui l'assiste dans ses négociations avec l'importateur de soja. Il a assez d'expérience pour deviner qu'il s'agit d'une ambitieuse attirée par ce que M. Rachid appellerait son « tout-puissant phallus » (dollars, prestige social, suite luxueuse à l'hôtel *Aman* de Tokyo) – mais ça ne le dérange pas.

— Tu comprends, chacune de mes nouvelles femmes possède ce que la précédente n'avait pas… Et chaque fois, ça relance la machine, ça me donne l'impression que je suis vivant, c'est à devenir fou… Crois-tu qu'un jour je pourrai être rassasié sans être déjà mort ?

En attendant, il se prépare en athlète pour son rendez-vous avec l'importateur de soja :

— C'est un Nabab… Plus ou moins dans les services secrets… Mossad, CIA, etc. Il se déplace avec médecin, harem, gardes du corps… Sympathique néanmoins… Homme à femmes – il se marie pour la cinquième fois en juillet prochain… Le *business* c'est quand même aussi amusant que l'amour, tu ne trouves pas ?

Il jubile. Remercie Dieu pour sa bienveillance. Et la Vierge pour sa douce protection. Il s'entretient avec l'une et l'autre plusieurs fois par jour, dès que ses fiancées et ses affaires lui en laissent le loisir. Archi se demande déjà comment il aura le temps en une seule vie d'épuiser le stock de bonheur que le ciel met, a mis, mettra à sa disposition. Ses projets : d'abord, fortifier l'empire Montoya… Ensuite offrir un bijou rubis ou émeraude à la fille décevante et le glisser dans l'enveloppe contenant son billet d'avion retour – « à titre de dédommagement », précise-t-il. Enfin, inviter l'interprète sexy en excursion vers le mont Fuji et, une fois sur place, lui faire des propositions honorables.

Il sent que ça peut marcher.

La vie est belle.

Par moments, Archi semble pourtant douter de lui :

— Tu crois que je suis un salaud ? me demande-t-il.

— Mais non, Archi, tu es un type formidable... Tu composes avec ce que la nature a fait de toi... On ne peut rien te reprocher...

Mon diagnostic le rassure :

— Tu devrais venir te reposer dans la pampa en sortant de ta clinique... Je te donnerai des cours particuliers d'enthousiasme...

— Ah, l'enthousiasme ! Sais-tu que...

J'allais lui raconter toute l'histoire.

Je me suis arrêté à temps.

Quand on revient de l'enfer, mieux vaut s'en tenir à l'essentiel.

Insomniaque, l'esprit en suspens, toujours entre le *tako-tsubo*, le chat de Schrödinger, les souvenirs maîtres-chanteurs et mon aorte ressoudée, je pense et repense à mon fils aîné, feu cet autre moi-même.

Ce fils qui me manque atrocement. Auquel je ne parle plus. Désormais aussi inexistant et aussi réel qu'une douleur-fantôme.

Toujours en bataille ce premier fils. Bretteur tranchant raisonneur prompt à en découdre. Un fougueux.

Un champion surentraîné et vitaminé par mes soins de longue date. Plus intelligent qu'artiste cependant. Intoxiqué par la volonté de plaire. Un chef-d'œuvre malgré tout inachevé.

En m'acquittant d'un rapide aller-retour du côté de la mort, j'ai eu le temps de reconsidérer notre lien jadis splendide et depuis peu malmené. S'est ensuivie chez moi une lucidité tardive, navrée, volontaire.

Personne n'a envie de voir ses bien-aimés tels qu'ils sont. Ni de se voir soi-même tel que les bien-aimés vous ont vu.

Décristallisation – peut-être réciproque.

Détour par *L'Éducation sentimentale* où le héros, Frédéric, se croyant épris depuis trois cents pages, s'avise soudain qu'il ne l'est plus… Flaubert balance alors sa grandiose *punchline* : « … et ce fut comme un oiseau foudroyé en plein vol… »

Disons qu'il m'est paternellement arrivé la même chose. Foudre. Chute. Fin du tralala père-fils. Choc fatal sur le bitume du réel violent et ingrat. Plus envie de voler haut dans les émotions. Ni d'imaginer les êtres depuis l'altitude. Quand les yeux ne sont plus cimentés par des écailles de l'amour, on peut les ouvrir. Ça vaut pour les fils. Ça vaut pour les pères.

En publiant un *roman des origines*, ce fils aîné pourtant bien-aimé a choisi, peut-être involontairement (ce qui serait pire), le coup bas. La mise à mort sucrée. Il s'est voulu prompt à l'indiscrétion, à l'inexactitude, à l'amoindrissement, au jugement amer.

Je pardonne bien sûr.

Qu'il sache cependant, si ses yeux tombent sur ces lignes, que je n'ai pas aimé me retrouver là sous les traits d'un type très minable, égotiste pathétique, plus provisoire qu'un *people*, plus transparent qu'un papier cristal.

Je n'exclus pas d'être ce type-là, puisque tout est possible dans l'ordre des désamours, mais j'aurais préféré qu'un autre le dise. Dans le genre *tu quoque* on pouvait difficilement faire mieux.

Un direct en plein thorax.

D'où, en partie, cœur brisé, etc.

À l'arrivée, stupeur, charivari de grande presse, enchevêtrement des messages, règlements de compte.

Si on oublie, pas facile, le coup de poignard, ça n'était pourtant pas mauvais, loin de là, ce *roman*. Syntaxe ferme. Bien entortillée. Remplie d'allusions lettrées, de proustisme scatologique, de griffures, d'imaginations par-ci par-là, avec des incrustations cruelles pour donner de la cambrure à l'ensemble.

Passons.

Maintenant, ma tête paternelle résonne comme une maison vide. Y gisent des mots d'état civil – « mon fils aîné », « mon fils aîné », « mon fils aîné » – qui, sonorisés par l'écho, tordus et grillés sur le *brasero* du langage, se transforment, se distordent.

Ils ont fini par rendre le même son, mais rebrodé d'un autre sens.

Je dis : « mon fils aîné » et, l'esprit embrouillé, j'entends, je vois : « mon fils Énée » …

Ce lapsus d'oreille m'a assailli une première fois entre le 7 et le 8 du médecin qui m'endormait.

Depuis, j'ai réfléchi : pourquoi Énée ? Après Socrate… Que veut-il me raconter, ce héros virgilien ? Quel rapport, s'il vous plaît, entre l'*Énéide* et ma peine de cœur ?

L'histoire est belle, toute fleurie de vibrants symboles.

Car Énée était irrésistible. Un guerrier vaillant et séduisant. Excellent navigateur de surcroît. Toujours béni par les étoiles, les poissons, les vagues – mais menacé par Junon qui ne pardonne rien aux Troyens depuis que Pâris la négligea en préférant offrir sa pomme à la belle Hélène. À partir de là, le « narratif » virgilien déroule sa palpitante intrigue…

Énée a fui Troie en cendres, une poignée de rescapés l'accompagne, il erre bientôt entre la Sicile et la Sardaigne, arrive enfin dans le Latium sans se douter qu'il va y épouser la royale Lavinia. Il est au terme de son aventureux périple et découvre là un paysage si avenant, un climat si clément, qu'il décide de faire souche…

Or Énée a quitté sa patrie avec armes et bagages. Ses esclaves, ses soldats, ses chevaux l'escortent. À bord de son navire, il y a surtout Anchise, son père, déjà vieux et las, quoique glorieux par ses exploits troyens. Anchise est épuisé, les épreuves l'ont usé, il ignore encore que Virgile fera de lui un immortel capable d'identifier toutes les héroïques dépouilles à venir de l'histoire romaine. Pour l'heure, il n'a plus la force de survivre. Il ordonne à son fils de l'abandonner.

C'est là que tout fait symbole : son fils prévenant, qui doit tant à ce père affaibli, le porte alors sur son dos, le traîne sur la plage, l'allonge à l'ombre d'un figuier, rafraîchit son front, l'évente avec des palmes, s'accompagne d'une lyre pour chanter sa bravoure pendant la guerre contre les Grecs. Voilà, cher papa, je suis désormais plus fort que toi, je te protège, je rafraîchis ton front, je célèbre ta grandeur, je baise tes pieds, je te révère en tant que précédent chaînon… Anchise est heureux. Vivre ou mourir lui importe peu tant il se sent béni par ce flot d'amour filial – qui pour un peu lui donnerait envie de se rallonger l'existence.

Il y a ainsi dans les légendes, et parfois dans la vie, des fils qui ne prennent aucun plaisir à amoindrir leur géniteur. Qui se font gloire suprême de les encenser, de les agrandir, de les vaporiser de mille compliments plus ou moins mérités.

On le prendra comme on veut mais pour moi, Énée c'est nettement la classe au-dessus d'un Œdipe, certes plus fameux puisque le malheur et la haine font toujours meilleure recette mais qui, lui, se croit obligé d'assassiner avec mépris celui qui lui a donné la vie.

D'un côté, le *good guy* qui veille sur un vieux.

De l'autre, le *bad guy* ambitieux mégalo qui massacre son père avant de prendre sa place, de coucher avec sa mère et de se crever les yeux.

Remarquons au passage que si Freud, dans ses vaticinations antiques, avait choisi Virgile – qu'il connaît fort bien puisqu'il le place en épigraphe de son *Interprétation des rêves* – plutôt que Sophocle, soit le latin plutôt que le grec, on n'en serait pas là. Le complexe d'Énée, ou d'Anchise, serait beaucoup plus répandu que son antipode œdipien, et les fils ne se sentiraient plus obligés de s'affranchir grâce à des règlements de compte vaguement parricides et souvent travestis – qui, même s'ils inspirent des chefs-d'œuvre, font du dégât pour rien.

Moi, par exemple, il ne me serait pas venu à l'idée de dénigrer mon père. J'ai au contraire passé mon temps à l'embellir, à l'imaginer plus charmant et poétique qu'il n'était, à l'hypostasier dans un costume de lin correctement froissé, à en rajouter sur sa force ou sa ressemblance avec Gregory Peck. Je me suis même arrangé pour me sentir protégé par lui et très compréhensif quand il a planté son doigt dans l'œil du berger arabe – alors qu'il m'aurait été si facile de le haïr à partir de ce geste colonial méprisant inhumain. Dans mon premier livre, *Les Enfants de Saturne*, j'avais même inventé, croyant bien faire, et d'ailleurs faisant bien, qu'il avait légué son crâne à la Société royale des Amis de Shakespeare pour s'incorporer à la scène illustre où le prince Hamlet médite devant le crâne de Yorick. Tu parles… Papa s'en fichait pas mal du Danois mélancolique et de son bouffon déjà squelette, il s'en fichait tout en respectant notez bien, il préférait quand même les mambos de Paradis-Plage, les belles voitures, les filles bronzées d'outremer. Mais ça m'avait fait plaisir de le rehausser, de le nimber à mes yeux et aux yeux d'autrui d'une couronne improbable pour lui, de lui inoculer un petit vice littéraire très au-dessus de ses moyens. Et tout ça, personnellement, par vanité bien ordonnée, parce qu'il ne me déplaisait pas de flatter le fameux précédent chaînon sur la longue piste des transmissions, de le repeindre en bel humain désinvolte, en dandy du Sud qui m'adorait même s'il ne savait pas trop bien qui au juste j'étais. Je n'ai jamais eu envie de provoquer mon géniteur costaud et simple. Et puis, au fond de moi, il y avait l'idée qu'on devient soi-même plus fort en se drapant dans le rôle de celui qui prend soin de sa cause immédiate, qui l'allonge sous un figuier, l'évente avec des palmes. Les temps ont-ils changé ? Pas sûr. Mon ami LesVies passe son temps à célébrer son papa héros et ça le rend manifestement tout joyeux. Ça lui donne même des ailes immenses pour devenir héros à son tour.

Mais je reviendrai peut-être sur tout ça.

Puisqu'on n'en finit jamais avec *tout ça*.

Mes rêves se hâtent. Ils devinent que mon séjour dans la maison des vivants-morts va s'achever, que mon inconscient standard va reprendre les commandes du moi-je et imposer ses songeries interchangeables. Guettant leur défaite, ils avancent cependant, tels des nuages poussés par un vent rapide. Cette nuit, profitant de ce sursis, mon esprit encore sous influence s'est ainsi arrangé pour mettre en scène une histoire improbable et hilarante. Je la dicte sans attendre au petit magnétophone que LesVies m'a laissé. Je le réécouterai peut-être. Un jour. Si ça vaut le coup.

Dans cette histoire, très distinctement, il y a encore Françoise, ma chère attendrissante Françoise, ma sœur choisie et baptisée avant moi au sang du diable. Je suis si heureux de la revoir, sa présence finalement aura été le grand bonheur de mon séjour dans l'enfer des cœurs brisés. Elle est toute confuse, Françoise, comme si elle venait de commettre une grosse bêtise. Ses phrases bougent, on dirait des nuées de hannetons, elles se chevauchent, fox-trottent, trébuchent, glissent. C'est incompréhensible. Elle finit par me murmurer quelque chose, un secret à l'évidence, que personne ne doit entendre, je l'enregistre sur le magnétophone, je retranscris sans y ajouter un seul mot.

« Tu sais, mon petit Jean-Paul, mon cher coco Enthousiaste, tu dois savoir que, faite comme je suis, j'ai été très sensible au charme de ton Grand Ponte... On a fait connaissance dans ta chambre pendant que tu somnolais, puis on s'est revus, tu imagines bien comment ce genre de choses s'enchaîne... Tu avais raison, il ressemble drôlement à mon Guy d'autrefois... Très chic, un peu voyou quand même, ce qui donne du relief au chic, comme tous ces mâles en circulation à la fin de la Quatrième République. Ce genre d'homme, tu sais, j'ai jamais pu résister, même si je les trouve beaucoup trop beaux pour moi, et même si en fin de compte je préférais leurs épouses... Alors vois-tu, il m'a fait des avances, impossible aussitôt de ne pas tomber dans ses bras, là, discrètement, dans un couloir... Ensuite, vu que c'était plaisant, on a remis ça dans son bureau et au Sofitel de la porte Maillot... Tu ne m'en veux pas j'espère ? Les distractions sont si rares dans ma villégiature morbide... Mais le plus bizarre, écoute bien, c'est que, pendant qu'on faisait la chose, j'imaginais que j'étais dans les bras du Guy, ce beau salaud qui a préféré partir avec une espèce d'Ava Gardner... J'étais gênée pour le Ponte, et tu me connais, je ne sais pas mentir, alors je lui ai avoué que je baisais dans ma tête avec un autre pendant que mon corps baisait avec lui, et tiens-toi bien, il m'a avoué que pour lui c'était la même chose... Il était très content de notre affaire, mais dès qu'il fermait les yeux, il imaginait qu'il jouait avec Amélie Nothomb... Alors j'ai compris qu'on était au moins quatre dans ce couloir, lui, moi, Guy et Amélie... Une vraie bamboche... Sans compter que moi et Guy on est des fantômes... »

Dans le rêve, j'apaisais Françoise de mon mieux. J'étais content pour elle. Son modeste divertissement posthume, ça n'était pas bien méchant. J'étais surtout pressé qu'ils en finissent de se butiner fût-ce oniriquement afin qu'on s'occupe de ma personne convalescente encore meurtrie. Cette histoire, je m'étais promis d'en parler au Grand Ponte lors de sa prochaine visite, puis j'ai tout oublié quand il est venu m'examiner une dernière fois. Heureusement, mon magnétophone s'en souvenait. Quoi qu'il en soit j'étais endormi. Et il m'est impossible de jurer que ce qui précède a bien eu lieu. Avec les nuages d'imagination, c'est toujours comme ça. Ils défilent, ils nous présentent des mets succulents, ça donne envie, on se régale d'avance, et pour finir on peut mourir de faim.

Le souffle du Grand Ponte m'a réveillé.

Il inspecte mon visage, tâte mes poignets, ma cicatrice, mes lobes, ma pomme d'Adam. Hoche la tête en écoutant à travers le métal glacé d'un stéthoscope les trois quatre temps de mes ventricules harmonisés. Il a de la conscience professionnelle c'est certain, j'aurais quand même préféré survivre grâce à un moins virtuose humainement plus décent. Je ne vais pas faire le difficile, ce serait loufoque. Je lui tends un masque de gratitude qui fera illusion. En moi, de toute façon, la certitude que ma survie a été voulue, programmée, imposée par un *maestro* invisible, hiérarchiquement bien supérieur au Grand Ponte, et auquel je ne crois pourtant que de temps à autre.

— Tout est nickel, on a fait du bon boulot, dit-il en me palpant encore la gorge et le ventre… Aucun imprévu… C'est rare après une opération de huit heures…

Mon esprit n'est pas encore stabilisé. Un mot, une intonation, un phrasé, et il dérape drôlement, incontrôlable.

Ici, par exemple : le Grand Ponte prononce les mots « opération de huit heures » et ça me renvoie aussi sec à « gigot de huit heures » – ce qui me relance en amont vers des expressions pleines de passé indigeste.

Celle-ci en l'occurrence enjambe un demi-siècle et me précipite dans les grands dîners d'outremer quand on servait ce fameux gigot afin de donner une touche française à des cérémonies trop pleines d'Orient.

— Ah, votre chef nous a préparé un gigot de huit heures, chère Gilberte, quelle merveille, vous nous gâtez… s'exclamaient les grasses caquetantes épouses du sous-préfet et du maire toutes boudinées dans leurs robes d'organdi avant de passer à table en faisant assaut de manières chichiteuses.

Chacune y allait alors de sa recette, de son petit secret culinaire, l'ail par-ci, la cardamome par-là, la menthe fraîche pour éclaircir la sauce, et ainsi de suite jusqu'au dessert fromage où, prenant acte de ma présence, on me demandait de réciter une opportune fable de La Fontaine.

J'en veux personnellement à la complexion neuronale qui, se saisissant du moindre prétexte, ici un mot du Grand Ponte, là un gigot, hier le doigt de l'Acteur Célèbre, avant-hier l'asphalte mou d'une rue, croit devoir rallumer la petite flamme d'un passé d'une enfance qui n'en finissent pas d'être *vivants-morts* eux aussi.

— ... je vous ai rallongé la vie de vingt trente ans, me promet le *maestro*... Vous me remercierez une autre fois... En attendant, ça me console du gâchis avec l'Acteur Célèbre... En termes de prestige, j'admets, c'est regrettable... Mais sa carcasse était périmée, j'y pouvais rien, impossible de négocier ça avec la mort... j'avais pourtant une occasion rare de prendre du galon, de la réputation, de l'envergure, et voilà qu'il y passe... Les stars m'éviteront à l'avenir... Je regrette... Parce que le *showbiz*, les paillettes, les Oscars Césars, ça m'a toujours attiré...

Il est désabusé. Me prend à témoin. Aimerait se faire plaindre.

— ... bon, vous allez bientôt sortir, votre fiancée spectaculaire vous attend, vous allez retrouver vos soirées coquines, vos romans, et vous m'oublierez vite fait, j'ai l'habitude... Mais je resterai pour toujours celui qui aura le mieux caressé votre cœur et qui, même plombier, aura sérieusement embelli votre existence...

— Qu'est-ce que vous avez embelli ?

— Eh, je vous garantis désormais une nette amélioration de vos performances ! Dans tous les domaines... *Sex included!* Vous voyez ce que je veux dire... J'ai même des clients pas vraiment défectueux qui viennent se faire charcuter dans cette seule perspective... Votre vitalité, je le garantis, sera décuplée grâce à mon grand nettoyage de valve et d'aorte. Eh, eh, tout ira mieux ! Madame ne va pas s'en plaindre, hein, elle devrait me remercier elle aussi...

Le regard humide noyé d'émotion que je convoque se refuse. Aurais-je perdu l'habitude de feindre ?

— ... c'est, regrette-t-il, à se demander pourquoi tout le monde ne se laisse pas cisailler le thorax histoire ensuite de bander comme un bouc refait à neuf...

Si j'ai bien compris, mon sang va rebouillir, redevenir torrent de printemps, éruption de lave, il va irriguer en détail mon corps renaissant jubilant... Érections garanties, affermies, multiples, prodigieuses ! L'adolescence m'attend... Avec l'expérience en plus... Serait-ce l'été au commencement de l'hiver ? Cet avantage n'était pas prévu... En route youpi vers d'excellentes baises ! Si la libido suit le mouvement et s'ajuste à la physiologie réparée, je devrais bien m'amuser... Ainsi, il y a toujours un épisode drolatique dans n'importe quelle tragédie... Il faudra que je signale ces profits annexes à Archi – qui est particulièrement vigilant sur le sujet érectile. Le Grand Ponte lui-même me fait comprendre que ça ne lui déplairait pas de bénéficier d'une telle révision-mise à jour, surtout s'il veut être performant au cours des galantes partouzes dont, à cause de *Blanche*, il me croit l'habile ordonnateur.

Avant de me quitter, il tient à me rappeler un point important :

— Au fait, puisque vous commencez à recevoir des visites, vous devriez inviter Amélie Nothomb... Et je m'arrangerais pour passer par hasard... Après, je pourrais lui envoyer des fleurs, un bouquet épatant, si vous saviez comme ça arrange les choses, les grands bouquets... À propos, j'ai rencontré votre amie Françoise, très séduisante d'ailleurs bien que pas tout à fait mon genre... Nous avons sympathisé tout de suite... Je crois hélas que nous n'étions pas faits l'un pour l'autre...

J'avais été informé de cette rencontre et de ce qui s'était ensuivi par le truchement d'un rêve.

Comment le Grand Ponte pouvait-il en savoir autant que moi ?

Avait-il un don spécial pour s'entretenir avec les fantômes ?

Impression de me tenir en équilibre à la frontière de deux univers.

Ici, la logique cimente le monde.

Là, elle consent à son incohérence.

Où est la vérité ?

Ma mort provisoire n'a duré que 155 minutes et quatre semaines.

Le front sur la vitre, la poitrine encore douloureuse, j'avale par petites gorgées le bonheur d'exister à nouveau.

J'ai largement passé le milieu du chemin de ma vie. M'assiège pourtant la conviction, l'absurde conviction, que la partie vient à peine de commencer.

Dans ma tête, des touffes de passé flambent comme du bois sec. J'observe l'automne roux humide à travers la vitre sur laquelle s'écrasent les gouttes d'une pluie glacée. S'y mêle en bande-son la chanson de Cole Porter – « *like the drip, drip, drip of the raindrops...* » – qui plaisait tant à Kate l'Américaine.

Je note au passage que mes mémorables amoureuses, depuis le *Summertime* de Violante, sont toujours associées à des rengaines fétiches.

Kate, elle, fredonnait la sienne, en ce lointain jour d'orage, et me demandait de dégrafer pour la première fois son chemisier sur lequel ondulait le beau visage soyeux d'un rocker en vogue.

Savait-elle déjà que nous allions concevoir un fils dans l'heure suivante ?

Et quelques mois plus tard...

Ça s'est passé, en novembre, du côté de Port-Royal.

La maman américaine toujours attentive aux mœurs modernes avait voulu, quelle folie, que j'assiste à la naissance du premier fils. Et j'ai ainsi vu sortir mon nom et mon avenir du trou sanglant parmi les déjections diverses, tueuses d'idylles et d'amour fou.

D'abord la tête, puis le torse, puis les pieds et les mollets ravissants. J'ai compris tout de suite que ce fils serait sculpté comme un gracieux, un probable quasi-dieu, et je me suis aussitôt grisé de fierté, d'immortalité factice, de schizophrénie selon la chair, de ce sentiment ridicule et autocentré d'être unique à l'instant précis où n'importe quel membre de l'espèce l'est le moins. Là encore pourtant j'aurais pu danser nu sur un tonneau.

Je l'ai pris dans mes bras, ce fils. Je jubilais devant mon immortalité flambant neuve, mon infinie provision d'être renouvelée. Cette petite tête fripée déjà coiffée allait étonner son siècle, raviver la justice en ce monde, dissiper l'obscur, le méchant, le vil, le bas.

Tandis que l'oxygène faisait une inaugurale incursion brûlante dans ses poumons, il a pissé sur moi en hurlant sa belle rage d'exister. Sur le moment, ça m'avait sérieusement surpris. Je ne savais pas que les fils en naissant pissaient sur leur père. Je m'y suis fait. J'ai ri. Je me suis dit c'est comme ça la vie.

Quant à la mère américaine, je l'aimais déjà moins, ce qui manque d'élégance j'en conviens, mais c'est ainsi. J'en avais appris pas mal à son sujet, les émois d'origine s'étaient assagis, le fils aîné s'était mis en chemin, et ma foi ça me tentait d'être reproduit. J'ai déposé une dizaine de baisers sur le front de la parturiente épuisée, je l'ai remerciée d'assurer ma pérennité de chaînon humain, avant de filer comme un intrus minable et pressé de changer d'air. Déjà, elle ne ressemblait plus à la fille de la Sorbonne, sa blondeur s'était éteinte, elle ne s'intéressait plus à la physique quantique ni au *Dasein*, ni à moi, ni moi à elle, il était clair que, dans le grand magasin existentiel, le destin nous avait seulement disposés sur deux escalators ou tapis roulants cheminant en sens contraire. Elle m'épargnait tous les reproches que je ne méritais pas encore. Je ne lui en voulais pas de ses erreurs à venir. Les compteurs à griefs n'avaient même pas commencé leur chiffrage. Je crois cependant qu'elle avait déjà jeté les bases de son rétablissement sentimental avec un Polonais qui traînait dans le coin.

J'ai filé vite fait à *La Closerie des Lilas* pour boire un verre, et un autre, et un autre. Ce fut je crois bien la seule demi-cuite de ma vie, ce qui signale mon tempérament finalement austère. J'aurais voulu embrasser des inconnus, offrir une tournée générale, bavarder avec le barman, monter avec une fille exotique de la rue de la Gaîté, j'avais l'impression qu'un rayon de soleil, le seul en ce jour gris, avait traversé le ciel bas pour ceindre d'or mon front de père glorieux.

Joie, joie, joie! J'avais déjà oublié le pipi et là est le malentendu. On croit qu'on engendre des fils, mais c'est une erreur, on fait exister des adultes. On met au monde un proxénète, un tueur en série, un savant, un détraqué sexuel, un flic, un gardien de prison, un grand écrivain, un sale type, un génie. Il faudrait, mais personne n'y arrive, ne jamais perdre de vue cette évidence mi-tragique mi-comique.

Vita entre dans ma chambre en début d'après-midi. Nous parlons peu. Notre rituel de clinique va bientôt cesser, la vie reprendra son cours ordinaire. Lors de cette ultime visite, elle me déclare qu'elle s'engage sur l'honneur, est-ce raisonnable un tel serment, à m'aimer jusqu'à son dernier souffle. La sonorité voluptueuse de ses mots relance mon cœur dans le bon rythme. Par instants, elle s'interrompt et rapproche son visage du mien. Dans sa bouche, plus qu'en d'autres bouches, se mêlent la chair et l'esprit. Comme dans sa voix. Présence de l'immatériel dans la matière. De l'infini dans le fini. Messe intime. Eucharistie amoureuse. Vita est l'antipode de Violante. Impossible cependant d'aimer l'une sans me souvenir furieusement de l'amour qui m'asservissait à l'autre. Parfois Vita veut se souvenir à nouveau de notre histoire devenue légende privée et dont l'origine coïncide toujours avec ce long regard au restaurant. Après ce regard, oui, ô ma bien-aimée chaque détail brûle en moi, tout s'était emballé. Je ne sais plus où j'avais pu trouver l'audace de donner l'assaut à une femme de cette envergure, une intuition sans doute m'y avait incité. S'étaient ensuivies dans ma tête obsédée cent ruses pour retrouver cette reine dans la jungle de Paris. Le hasard nous avait encore servis. Comme s'il avait personnellement du bénéfice à prendre dans notre naissante idylle. Puis l'éruption prévisible des désirs avait tout embrasé. Évidence de l'affinité, des corps, de leurs noces solennelles et simples. Des rendez-vous d'hôtel. Des fins de journée torrides. Des jouissances d'assoiffés. Vita n'avait jamais joué à ça. Du moins, l'affirmait-elle. J'avais dû lui apprendre. Ou dû faire semblant de lui apprendre. Les humains, au commencement, n'avouent qu'une partie de ce qu'ils sont ou furent. De loin, ils ressemblent alors mais provisoirement à des icebergs dont les neuf dixièmes se perdent dans d'inavouables profondeurs. Maintenant, il n'y a presque plus de secrets entre nous. J'aime ses coups de téléphone du soir, quand nous sommes séparés, avant que je ne m'endorme. Elle me raconte tout. Me détaille ses rituels attendrissants et ridicules de très belle femme luxueuse quand, avant de commencer sa nuit, elle procède à un long et savant démaquillage pour lequel elle ne mobilise pas moins de cinq crèmes à base de sucs rares. Après quoi vient le moment des huiles à la lavande dont elle frotte ses poignets et la plante de ses pieds, ainsi que du flacon de citronnelle dont elle verse quelques gouttes sur chacun de ses six oreillers. Une dernière crème à la courge sert à enduire ses genoux et ses coudes qui sont, me dit-elle, les deux zones les plus vulnérables d'une belle femme. Après quoi, elle choisit un soutien-gorge assorti à la broderie de ses draps et lui confie la haute responsabilité de garantir leur belle forme à ses seins impeccables qui n'aimeraient pas s'aplatir pendant la nuit. Ses mots follement savoureux parviennent directement à mon cerveau jouisseur. Ils produisent des effets qui confirment précisément la prophétie physiologique du Grand Ponte. Encore trente ans sur ce bon rythme. J'ai beaucoup de chance. Dès que je sortirai de clinique je proposerai à Vita un loyal contrat de vie précisant à jamais ses droits et les miens.

Le bref tintement d'un message reçu sur mon portable interrompt ce bavardage d'avant nuit.

C'est M. Rachid. Plus énigmatique laconique que jamais.

Cette fois, il a choisi de m'expédier un aphorisme de Cioran insistant sur l'urgence de « se perfectionner chaque jour dans l'art de paraître gai… ».

Depuis que je le connais, M. Rachid fait grand cas du moraliste roumain qui, du temps qu'il vivait, était son voisin de palier dans un immeuble de la rue de l'Odéon. Chaque matin, M. Rachid avait ainsi la primeur des aphorismes les plus noirs que l'insomniaque avait forgés au cœur de sa nuit blanche.

Par ce biais, ceux-ci, aussitôt répercutés vers moi, me parvenaient comme le bip-bip d'un satellite alimenté en permanence par une source d'électricité mélancolique.

Il faudra un jour que je fasse le compte de tout ce que ces aphorismes m'ont coûté.

De tout ce que je leur dois.

Archi au téléphone. Il nage dans son extatique félicité. Veut en partager une part avec moi afin que je le rejoigne sur les rives de la bonne vie. Hier, il a signé son contrat avec le Nabab Arménien. Le marché asiatique va engloutir les trois quarts du soja qui pousse dans sa pampa vertigineuse et horizontale. Un *deal* en or. Des tonnes de ceci. Des millions de cela. Du travail pour tous. Une montagne de dollars pour lui. Ses défunts ancêtres, reîtres ou *gauchos*, louent ce vaillant héritier. Leurs louanges, portées par les condors locaux, balayent la Patagonie et viennent mourir au pied des contreforts andins.

Pour fêter l'événement, le Nabab a organisé une réception de prestige dans les salons de l'hôtel. Geishas internationales, courtiers grecs et russes, intermédiaires chinois, ambassadeurs, toasts, salamalecs, bonzaïs, cérémonie du ginseng et du maté… Archi s'y est rendu en grand apparat au bras de son interprète sexy qui, depuis l'escapade au mont Fuji, est devenue un personnage très actif de sa vie sensuelle. Cette petite que j'imagine aisément est à l'évidence fort habile. Elle excite mon ami de l'aube jusqu'au soir, en toutes circonstances et lieux, l'initie à d'extravagantes voluptés, lui apprend les rudiments du jouir Soleil Levant. Elle est capable, me confie admirativement Archi, d'expédier à trois mètres, « comme la duchesse de Windsor », une balle de ping-pong placée dans son vagin. Mon ami exulte. La vie ne se lasse pas de lui servir le meilleur sur tous les fronts. Partout, du nectar, de l'excès, du plaisir, des chairs parfaites parfumées au ylang-ylang. Il en veut encore encore encore. Femmes, millions, ancêtres, mont Fuji, balles de jeu set et match, bienveillance spéciale de Marie-Mère-de-Dieu, tout lui est dû. Il s'octroie même, à l'occasion, une brévissime et rare dose de malchance sans laquelle sa félicité manquerait de relief. Il est ce faisant l'exemple accompli de l'individu qui sait donner au bonheur-chasseur l'envie de le chasser, de le poursuivre dans ses tanières ombrageuses, de le soumettre à son joug délicieux. Archi est un ogre, il dévore chaque plaisir, en suce les succulentes moelles, se les incorpore avec la rage d'un biophile intransigeant quant au dogme biophilique. Son appétit m'épate, me confond, m'oblige – comment fait-il ? Jamais de lassitudes, ni de doutes, ni d'incertitudes. Quel homme aurais-je donc été, moi, si le bonheur m'avait *chassé* avec un zèle aussi farouche ? Aurais-je seulement su le tenter, ce bonheur ? Et être ensuite à la hauteur de ses avances insistantes ? Ou aurais-je encore trouvé le moyen de faire le délicat qui veut bien prendre sa part du festin mais en chipotant, et pas tout de suite, et je demande à voir, etc. ?

Me revient alors, comme une boule de feu se cognant aux murs de ma chambre de clinique, cette phrase illustre née jadis dans la forge épineuse d'un sage lusitano-batave : « Notre félicité et notre misère ne résident qu'en ceci : la qualité de l'objet auquel nous adhérons par la force de notre amour… » J'entends de si près la vérité de ces mots… Ils m'émeuvent… Me confirment tout simplement que pour être heureux mieux vaut se fixer sur un *objet* qui le mérite… Sans ce *garde-fou*, ne pas s'étonner SVP si la débâcle se pointe et entraîne l'imprudent au fond d'un ravin… Dit autrement : le bonheur dépend de la *qualité* de ce, celui, celle, qui l'inspire. Nul ne le trouvera en misant tout sur une *mala niña*. Ni sur un fils aîné peu Énée trop pressé de se mettre à son compte. Ni sur une satisfaction de passage vite évaporée. Ce qui signifie : le bonheur Vita de meilleure qualité que le bonheur Violante… Le bonheur Dieu, s'il existe, plus fiable que le bonheur Vita… Le bonheur d'infini, pour les élus, plus profond que le bonheur du fini… En conséquence de quoi, le bonheur d'Archi, aussi désirable soit-il, ne devrait pas être si grand que ça taratata… Suis-je convaincant ? Pas vraiment. Même pas pour moi-même. La philosophie comme la religion ça sert d'abord à consoler les perdants.

Dans ma tête qui a perdu l'habitude de raisonner, ces pensées tournoient, affirment ceci et son contraire, remuent un tourbillon de passé-présent, et finissent par réveiller ma poitrine tranchée. Je trébuche. La souffrance se réveille. Mon Lucio Fontana redevient « pourpre sang craché », c'est une faille sismique sur le point de s'ouvrir. L'infirmière s'affole. Attention, béance possible, maelstrom mental, balles de ping-pong, soja, geishas, soleils miniatures... Tom Hanks accourt, s'inquiète. Une rechute ? Vite, vite, une piqûre ! Je croyais avoir congédié ma souffrance mais non elle reste proche me surveille ricane devant mon désarroi intact. Elle n'attend qu'un instant de distraction pour foncer sur moi. Un fauve aux aguets. Je vois ses crocs. Ses instruments de torture. Alors, comme ça, on croyait en avoir fini ? Quelle blague ! Retour immédiat à la morphine. Ce sera la dernière fois.

Aussitôt, mon dernier vertige sang du diable. Et ma dernière bascule dans un sommeil directement branché sur mon cerveau archaïque – lequel m'offre aussitôt (m'impose, me soumet à, m'emprisonne dans...) un onirisme si plausible, si humainement vraisemblable, donc presque indiscutable, qu'il me sera difficile, « à la jointure des songes » (Chateaubriand, fameux frimeur, emploie cette expression pour dire qu'il vient de se réveiller), de distinguer ce qui dans cette songerie appartenait à la réalité, de ce qui ne lui appartenait pas.

Je vais raconter ça.

Sans fioritures.

Ce rêve, donc : Archi est toujours dans sa *fiesta* tokyote en compagnie de l'interprète sexy et du Nabab qui tient à lui présenter sa future épouse. Mon inconscient l'observe.

Il est le témoin, l'acteur, le scénariste, de l'histoire toute d'inattendus rebonds qu'il feint de découvrir :

— Voici May, déclare solennellement le Nabab... Entre nous, ça s'est enflammé tout de suite... Un sacré coup de foudre... On s'est rencontrés au *Plaza* de Hong-Kong... Nous nous marierons à Monte-Carlo en juillet... Vous nous ferez l'honneur n'est-ce pas...

Archi s'incline respectueusement, exécute son baise-main latino (lèvres en contact un peu humide avec la main tendue), se redresse, contemple la fiancée, elle est belle, il n'en croit pas ses yeux... Bon sang, est-ce possible ? Ce visage... Comment se pourrait-il ? Cette fille a à peine vingt ans... Et elle ressemble tellement à... C'est clair, cette May lui rappelle incroyablement... Impossible qu'elle ne soit pas... Mais d'un autre côté, est-il concevable que le temps s'arrête, ne passe plus, stagne ?

Aussitôt, la fiancée se trouble, le reconnaît à son tour... Effroi, embarras, que faire ? Personne ne prend plaisir à rencontrer le témoin d'une vie effacée rectifiée... Elle pensait qu'en se dissimulant derrière un visage et un corps inattaqués par le temps, elle ne risquait rien... Mais non, il a fallu ce maudit hasard, cet Archi autrefois amateur d'*escorts*... Panique, panique... Elle s'éclipse aussitôt sans un mot aimable, disparaît dans les étages de l'*Aman* sous le regard navré de son Nabab futur époux – qui, d'un air gêné...

— Elle est très sensible en ce moment, il faut lui pardonner ... Que voulez-vous, elle se marie pour la première fois, elle est très jeune... Moi-même, je suis bien secoué par ce bonheur si neuf... Et Dieu sait que j'en ai vu...

Mon rêve est alors formel : sur cette May, il a plaqué le visage de... Violante... Aussi incohérent que cela paraisse... C'est la Violante du *Plaza*, des parasols couleur lavande, de Marie-Madeleine la pute christique, de *Summertime*, du coquelet bien tranché... C'est Violante, mais elle a toujours l'âge d'autrefois, quand l'air se raréfiait autour d'elle, quand les insectes d'été se consumaient sur les photophores... Archi n'en revient pas... Moi non plus... Comme la vie est facétieuse ! Dans mon rêve, je suis tout de même ému devant la *perf* – comme on le dit des joueurs de tennis qui réussissent à battre un adversaire mieux classé... Pour Violante, c'est une fin de partie inespérée, un épilogue somptueux après une longue carrière dans l'aventure et la prédation. Non seulement elle doit se retrouver couverte d'or avec cartes de crédit multicolores et villégiatures à Palm Beach, à Bali, à Gstaad, mais en plus elle a dompté le temps... C'est Nana qui épouse son banquier au lieu d'attraper la syphilis... Un dernier banco avant le crépuscule... Bravo ! Bravi ! J'aurais bien demandé des détails supplémentaires à mon rêve, s'il m'avait permis. J'aurais tant voulu qu'il me précise les épisodes intermédiaires, le chemin parcouru depuis ce déjeuner sur des nappes violettes jusqu'aux salons d'un palace nippon – mais les rêves ne se laissent pas dicter, ils n'en font qu'à leur tête, je ne saurai rien de plus que ce qu'il y a sur l'écran de mon sommeil : une

May-Violante jaillie du fin fond, pas une ride, au bras d'un Nabab du soja... Je pourrais être furieux d'avoir permis à cette fille d'exister encore dans ma tête, mais je ne l'envisage même pas... Car ça m'attendrit cette scène rêvée. Et ça me convainc que je n'ai pas souffert jadis pour n'importe qui. Enfin, c'est ainsi : certains êtres ne sortent jamais du cœur où on leur a permis d'entrer. Pas la peine d'en faire un drame.

Au milieu de la nuit suivante, on frappe à ma porte.

Le faisceau d'une lampe torche caresse les murs. Lèche mon torse de momie. Remonte lentement vers mon visage ébloui. Quelques secondes de silence. Puis une voix familière. Une voix que j'entendais souvent au temps jadis quand je me laissais malmener par des tourments inoffensifs.

— Vous avez, me dit-on, deux ou trois questions à me poser ?

La lampe torche se braque de bas en haut sur le menton du visiteur. Ombres et lumières. Effets néo-expressionnistes garantis. On croirait une figurine d'Otto Dix. Ou le masque inquiétant de Peter Lorre quand il apparaît dans *M le Maudit*.

C'est M. Rachid.

Il joue avec son vaporisateur de ventoline. Pschitt, pschitt. Comme il y a vingt ans quand, allongé dans son cagibi aux murs de liège, j'entendais sa respiration d'asthmatique derrière mon dos.

Le liège, l'asthme. Ça me convenait évidemment. J'avais l'impression que Marcel Proust jouait à être mon psy gourou. Ça me plongeait dans l'illusion que l'âme marcellienne surveillait mes plaies, partageait mon calvaire amoureux, se hâtait à ma rescousse. Le blabla pouvait alors commencer. Au bout de quelques minutes, M. Rachid s'endormait sans que j'y voie quelque inconvénient. De toute façon je ne venais là que pour parler à Marcel – et, à travers lui, à moi-même.

— Je répète : vous avez peut-être une ou deux…

Comment a-t-il pu arriver jusqu'ici ? Échapper aux contrôles d'une clinique fermée à cette heure tardive ? Me retrouver dans le dédale des étages et des couloirs ? D'un geste royal, M. Rachid me fait comprendre qu'un bon freudien se doit à toute heure d'être aussi habile, aussi exercé, aussi transgressif, qu'un *passe-muraille*.

Je ne l'avais pas revu depuis vingt ans.

Depuis l'époque où ma rupture avec Violante m'avait jeté dans une mauvaise mélancolie. M. Rachid avait su me tirer de là grâce à ses hypothèses farfelues et à ses interprétations sauvages délirantes. Par la suite, il était devenu un étranger intime. Un envoyé spécial et occasionnel dans mon inconscient. Je ne savais rien de son existence ordinaire, de ses mœurs, de sa famille, de ses admirations – sinon pour son voisin Cioran. Mais il ne m'était pas désagréable d'avoir à ma disposition tarifée un individu dont j'ignorais tout et qui lui n'ignorait rien de moi. N'est-ce pas ce que demandent à Dieu ceux qui ont la chance d'entretenir des relations avec lui ?

Après ces saisons-Violante, M. Rachid s'était contenté de me surveiller à distance. Une chouette invisible perchée sur mon épaule. Un dépositaire assermenté des anciennes confidences. Il lui arrivait cependant de laisser des messages sibyllins sur la boîte vocale de mon téléphone. Ils avaient pour la plupart une forme lapidaire et mystérieusement apte à me guider vers les vérités dont j'avais le plus urgent besoin. L'un de ces messages m'était parvenu à la veille de mon opération et ne contenait qu'une brève citation de Schopenhauer : « La vie ? En gros, une tragédie... Dans le détail, une comédie... » Au cours des jours suivants, j'avais eu droit à un autre aphorisme qu'il avait sans doute prélevé chez Borges – « Il y a deux hommes en chaque homme et le vrai, c'est l'autre... » – qui acheva de me persuader, à un moment particulièrement difficile, que si un premier moi-même venait à mourir, il m'en resterait toujours un second pour survivre.

Devant moi, à cet instant, M. Rachid est désormais très vieux. Ses gestes sont mal assurés. Seul son regard de fakir, tout de braise, n'a pas changé.

Posant sa main sur mon front, il insiste pour me bénir.

— Ça ne peut pas faire de mal, dit-il...

— Mais que faites-vous dans ma chambre ?

— Je ne fais que passer... J'ai cru comprendre, *via* certains infrasons, que vous aviez besoin de moi...

Ai-je besoin de lui ?

Devant mon silence, il rebrousse déjà chemin :

— Dans ces conditions, je vais m'éclipser... Vous savez bien que j'adore ça...

Je l'ai vexé. Je sais que les questions sont pour lui comme des sangsues. Elles le décongestionnent un peu de sa longue expérience de la nature humaine. Impossible de lui refuser ça.

— Alors, oui, une question, une seule, cher Monsieur Rachid : pourquoi, jusque-là, me suis-je persuadé que ma vie dépendait de certains êtres qui, pour finir, se sont révélés décevants ? Violante... Mon fils aîné... Pourquoi, s'il vous plaît, n'ai-je pas compris tout de suite qui ils étaient ?

M. Rachid regarde ses ongles soignés. Contemple le plafond. Répond musicalement, ironiquement :

— Chaque amour, tralala tralalère, renseigne sur le symptôme de celui qui aime...

Il ajoute qu'il m'écrira à ce sujet.

Puis il se tait et quitte ma chambre.

Non sans avoir pris la peine de me bénir une seconde fois.

Si, à la faveur d'un ultime et symétrique exercice de dédoublement, j'observe maintenant l'individu qui s'apprête à quitter la chambre de clinique où il a passé quatre semaines oniriques douloureuses rieuses infusées de joies de peines d'excursions dans le passé présent et dans un néant désormais apprivoisé puisqu'entrevu…

… et si, en même temps, je procède à un nouvel *arrêt sur image* complété par ce que m'ont appris ces heures de *vivant-mort*, de souvenirs maîtres-chanteurs, d'ivresses sang du diable, de défunts revenus, de passions évaporées ou intactes…

Je pourrais, tel qu'en moi-même, affirmer que je ne ressemble en rien à celui que j'étais il y a peu.

Parce que la mort m'a fait savoir qu'elle m'attendait sans impatience.

Parce que, franchissant par gros temps un cap Horn intime, j'ai pu sagement me sentir infime parmi les puissances obscures et supérieures qui ont consenti à la prolongation de mon bail sur la terre.

Amours, compassion, idées, joie, amitié, contemplations, extension du domaine des sensations – tout est provisoirement parfait.

Advienne que voudra ensuite.

Je m'arrangerai pour ne jamais être prêt.

Il suffira de veiller à la dignité du grand départ.

Il est prévu que je passerai ma convalescence chez Vita. Elle a insisté. M'a préparé une chambre lumineuse. Avec draps brodés, parfum d'ambiance, visiteurs triés sur le volet, romans, musique, écritoire en bois de rose, infirmière de jour, infirmière de nuit, chacune recevant, outre un salaire fixe, une prime indexée sur la vigilance affectueuse qui me sera sincèrement témoignée. Cette chambre donne sur le parc Monceau. De mon lit, je pourrai apercevoir le banc sur lequel autrefois j'attendais Michel.

Le message de M. Rachid me parvint quelques jours plus tard. Opaque. Haleté. Stroboscopé. Expédié sur mon téléphone à l'instant même où je passais le porche de la clinique. Il était rédigé dans une sorte de morse freudien. Perplexe, je le reproduis tel quel.

> « *Votre question ? Trop classique. Naissance symbolique etc. Maman merveilleuse et responsable. Trop d'amour. Promesse de l'aube et Cie. Après ça le petit homme, même grandi, veut compléter son éducation. Donc prendre des cours de déception, d'abandon, de trahison. Donc femme fatale fils ingrat amours déçues, etc. – tous recrutés élus à dessein. Ils ont fait leur boulot ces méchants dociles. Faites le vôtre.*

Pardonnez... Mieux: remerciez, bénissez, passez à autre chose... De toute façon, Marcel a déjà raconté tout ça. Moi je me contente de répéter. CQFD. »

J'ai lu et relu.

Certains jours, ce message me paraît limpide.

Certains autres jours il me paraît obscur.

Le plus souvent j'oscille agréablement entre l'incompréhension et la rigolade salvatrice.

Les vivants, les trépassés, les fantômes, les imaginés, sont venus. Ils forment une haie d'honneur – qui les a prévenus ? Chacun, selon sa place dans le temps, veut célébrer mes retrouvailles avec la lumière, le mouvement, les sensations justes. Cette chorale de murmures et d'affectueux gloussements me remplit de joie.

Michel et Françoise agitent leurs bras en signe d'allégresse posthume. Ils sont ravis de s'être rencontrés à travers moi dans un au-delà qui contrairement à l'opinion commune n'est guère propice aux nouvelles amitiés. Michel porte son pull de tennis à torsades rouges et bleues. Françoise joue avec son rang de perles plus éternel que jamais. Nous nous sourions à travers quelques cloisons de papier désormais infranchissables. C'est ainsi.

Mon père a également pris place dans la rangée des fantômes. Il agite son panama à large bord. Son costume de lin étincelle sous les peupliers de Neuilly. À ses côtés le berger arabe dont il avait crevé l'œil. Ces deux-là se sont manifestement réconciliés, ce qui me fait tant plaisir. Quand je suis passé près d'eux, papa m'a murmuré « C'était la guerre, tu sais… Fallait se faire respecter… » J'ai eu le temps de baiser sa main en guise de respect définitif. Pour la première fois de notre longue et défunte histoire, j'ai deviné quelques larmes au coin de ses beaux yeux éteints.

J'aperçois ma fille. Quelle joie ! Elle est ravissante, espiègle, bouclée comme une infante du futur. Une déjà somptueuse. Saura-t-elle aimer ? Faire souffrir ? Devrai-je lui apprendre la bonté ? Ses yeux sont vert-bleu piquetés de jaune jonquille. Je me perpétue. C'est la règle du jeu.

Olivier mon éditeur est heureux de ma résurrection. Il brandit un exemplaire de *Blanche* – qui pour l'occasion est elle-même sortie du roman où je croyais l'avoir emprisonnée. À voix basse, pour le principe, elle me reproche de l'avoir mise dans des situations indécentes. J'aurais bien pris la peine de lui expliquer qu'un romancier a tous les droits sur les mœurs de sa créature, mais Olivier me devance. Dans sa noble conception du métier, cet éditeur se croit obligé de consoler les personnages de roman dont le destin a mal tourné.

Charmeur et populaire, Bernard LesVies m'honore de sa vitale présence. Il est couvert de badges kurdes, ukrainiens, afghans, arméniens, bosniaques, nigérians, qui lui font une poitrine de maréchal soviétique. Il tient un écriteau sur lequel figure une devise très ancienne où il est recommandé de ne jamais vieillir. Une équipe de télévision le filme. Tom Hanks lui demande un autographe. Un halo d'allégresse l'enveloppe comme une grand-voile pleine de vent.

Ce qui m'a fait plaisir, et m'a joyeusement surpris, c'est que Marcel s'est déplacé en personne. Il porte des gants gris tourterelle. Des touffes de coton camphré sortent du veston qui lui fait un torse de bombyx. Il discute avec M. Rachid des mérites comparés de la ventoline et de la poudre Legras. Pschitt pschitt contre fumigations. Chacun a de solides arguments.

Archi est accompagné de son interprète du mont Fuji. Une belle fille intensément sexuelle dont les lèvres émettent des pépiements japonais. Il m'offre une raquette de tennis et m'apprend discrètement que le mariage de Violante et de son Nabab a tourné court. Ce sont des choses qui arrivent. La pauvre fille a dû reprendre son chemin d'aventurière fatiguée. Avec l'âge, qui finit toujours par vous rattraper, ça ne doit pas être facile. Je la plains.

Le Grand Ponte arrive en courant. Il est pressé, encombré d'un immense bouquet de roses.

— Ces fleurs étaient destinées à ma nouvelle maîtresse, me dit-il, mais j'ai assez envie de vous les offrir... Je repasserai tout à l'heure chez mon fleuriste... Ah, les fleuristes ! Ce sont des magiciens... Ils arrangent tout... N'oubliez jamais que ce sont nos meilleurs alliés dans la guerre merveilleuse qui nous oppose aux femmes...

Mon fils aîné est là, un peu à l'écart. Il tient son frère cadet par l'épaule et n'ose pas trop se montrer. Je lui ai fait savoir d'un clin d'œil que le passé entre nous n'avait plus d'importance. Chacun a été ceci, puis cela. L'un a porté ses coups, l'autre les a reçus – et après ? Entre le pardon, l'oubli et l'amour, arrive toujours un moment où père et fils aîné se réservent pour des enjeux plus vastes que n'importe quelle querelle. Moi, le sait-il, j'ai beaucoup de mal à me souvenir des offenses qui m'ont été faites.

Dans la voiture, je retrouve Vita.

Pas un mot.

Elle sait tout.

Plus tard, bien plus tard, et encore après le plus tard, il y eut une nouvelle partie de tennis.

J'ai vu la petite balle jaune quitter la raquette d'Archi en y laissant un son lointain et mat.

J'ai suivi sa course fantasque, tournoyante, poudrée d'ocre.

J'ai guetté son rebond et son immobilité de colibri.

Ce fut comme si j'avais retrouvé mon assassin longtemps après qu'il m'avait fait mourir une première fois.

D'un coup bien ajusté, sec, inspiré, ivre d'être, j'ai renvoyé habilement le soleil miniature.

Mon bras droit, poursuivant son geste enroulé, passa suavement au-dessus de mon épaule gauche.

La balle a frôlé le filet, longé la ligne blanche.

L'aigle puissant, mes fantômes, mes défunts bien-aimés, m'ont observé avec patience et dignité.

On se retrouvera, m'ont-ils dit…

Archi était content.

La balle a peut-être fusé hors de sa portée.

Un point gagnant ?

La vie peut provisoirement recommencer.

Composition Maury-Imprimeur

Cet ouvrage a été achevé d'imprimer sur Roto-Page
par l'Imprimerie Floch à Mayenne
pour le compte des Éditions Grasset
en septembre 2021.

PAPIER À BASE DE
FIBRES CERTIFIÉES

Grasset s'engage pour l'environnement en réduisant l'empreinte carbone de ses livres. Celle de cet exemplaire est de :
700 g éq. CO_2
Rendez-vous sur www.grasset-durable.fr

N° d'édition : 22148 - N° d'impression : 98752
Dépôt légal : octobre 2021
Imprimé en France